初恋の君を離さない

井上美珠

プランタン出版

※本作品の内容はすべてフィクションです。

1

――出会ったのは高校一年の頃。

真井初という人は、初めて出会った時から類まれなる美貌と才能、頭脳を持っていた。

彼との友達付き合いはもう十年以上。有名人だから、街中で会う時はいつも帽子を目深にかぶり、黒縁眼鏡をかけている。

スマホを見ている人が多いからほとんどの人には気付かれないが、自分には、一目見ただけで彼が来たのだとわかる。

でも、彼がこちらに来ているのを知らないふりをして、声を掛けられるまで、できるだけ違うところを見ているのが常だ。

眼鏡を押し上げながら、ただ少し緊張して、名前を呼ばれるのを待つ。

「初芽ちゃん、久しぶり」

柔らかい声が上から降ってきて、そこでようやく顔を上げられる。

八坂初芽は、いつもと同じく、笑みを浮かべて彼を見上げる。

「久しぶり、真井君」

初芽は大きめのトートバッグを肩に慎重にかけ直す。中に入っているのは、ロールケーキに生クリーム、イチゴなどをデコレーションした手作りケーキだ。

「みんなは？」

首を傾げる彼は、メッセージアプリのグループチャットを見ていないらしい。

「ここに来る途中に、みんな来られなくなった、って連絡があったんだけど……見てない？」

「え、そうなの？　見てない。ちょっと待って」

彼はスマホをポケットから取り出し、画面を見ると、「ほんとだ」とため息をついた。

「どうしようか……」

初芽はそう言って、バッグの中身をチラッと見る。

「二人だけじゃアレだし、よかったらだけど、ケーキ持って帰ってくれない？　明日、仕事先のみんなで食べてくれたらいいから」

肩からトートバッグを下ろし、初に向かって渡そうとすると、彼は受け取って微笑んだ。

「ありがとう」

微笑むだけで、秀麗な顔立ちは途端に魅力的になる。素敵だな、カッコイイな、と思いながら初芽も微笑んだ。

「味は保証しないけど」

「あなたが作ったのはいつも美味しいです。ありがとう、初芽ちゃん」

そう言ってくれるだけで、満足です。

初芽は心の中で呟きながら、彼を見上げる。

「それじゃあ、真井君忙しいだろうしこれで……」

本当は、みんなと会いたかった。

なぜなら、これから今まで仲良くしていたメンバーとは、少しずつ離れていこうと思っているからだ。

メンバー、というのは、長男長女会という高校の頃からずっと仲良くしてもらっている、友人たちだ。

初も初芽も名前から連想できるかもしれないが、長男と長女。とはいえ、初と初芽だけが一人っ子で、あとは全員兄弟がいる。

メンバーは、初と初芽以外に、三橋一世(みつはしいっせい)、三橋一乃(いちの)。一乃の旧姓は河瀬(かわせ)で、二人は結婚している。もう二人いて、宝井一真、加藤初美。この二人は大学に入ってからメンバー入りした。いま同棲中で、あと数ヶ月で結婚する。

それに、初芽はごくごく平凡なのに、みんなそれぞれに美男美女ばかり。職業も、頑張って翻訳家と呼ばれるようにはなったが、難易度の高い国家資格ばかり持っている彼らとは違う。

また、みんなメンバー内でカップルになり、結婚するというところまで行きついた。初と初芽だけは、そういうことになっていない。

そういう小さなコンプレックスを積み重ねるのは良くないと思い、長男長女会のメンバーとは、少しずつ離れていきたいと思った次第だ。

実は翻訳家として独立したのもあり、今よりも少し広いアパートを契約した。三日後には引っ越しになるため、彼らとは少し距離を置けると思っている。

「帰っちゃうの？　みんないないけど、一緒にご飯食べない？」

初が笑みを浮かべながら、初芽を誘ってくれた。今までこういうシチュエーションがなかったわけではないが、初芽はいつも断っていた。

初のことは、本当は高校時代からずっと慕っている。だけど彼はすごい人だから、引っ込み思案な初芽は気が引けてしまうのだ。

「それは……みんながいる方が楽しいし。また今度で……」

「ケーキも、良かったらあなたと食べたいんですが」

今日はなんだか、グイッと来られた気がした。いつもは、わかったじゃあ、で終わるのに。

「ええと……真井君、珍しいね。仕事は?」

「休みだよ。明日もオフだから、初芽ちゃんさえ良ければ」

初は有名人だ。きっと、この集まりのためにオフにしてもらったに違いない。だとしたらなんだか申し訳ない気もした。

初は、高校入学の時に新入生代表だった。当時から背が高くて、初芽は最初知らなかったが、モデルをしていた。雑誌の表紙を飾り、時にはランウェイを歩くような、スーパーモデルだったのだ。

初芽と初の高校は有名な私立の進学校だったが芸能活動を許していて、芸能活動をしているクラスメイトは数人いた。

とはいえ、初は一度モデルを辞めている。モデルとして再始動したのは、去年の今頃だった気がする。一度辞めたというのに、今では当たり前に人気モデルとして、あちこちから引っ張りだこだ。

辞めていた期間は五年間ほど。その間、初は弁護士事務所で、弁護士として働いていた。

「初芽ちゃんも、明日は土曜だし、休みでしょ？　僕の家に来ない？　デリバリーで好きなの注文するから」

初の家は、さすがだと思うくらい広いマンションだ。賃貸ではなく分譲だと言っていた。長男長女会のメンバーと一度だけお邪魔したことはあるが、さすがに一人では行ったことがない。でも、彼は友達なのだから、と心に言い聞かせる。

いつもこんな風に、初を好きだと思う気持ちに蓋をする。それがもう、癖になっていた。

「ケーキもよかったら一緒にどう？」

普段は静かな表情の彼に微笑まれ、初芽は心を摑まれる。こういうのがキュンと来るというやつだ、といつも思う。

きっと、初芽よりもずっと大人なのだと思う。自分たちがまだ子供の頃から、大人に囲まれて仕事をしていたのだから。

「……そうだね、わかった」

彼は嬉しそうに笑った。

「もともと、みんなを家に呼ぼうと思ってたんだよね」

初がそう言って初芽に手を差し出した。

「待ち合わせが僕の家の最寄駅でよかった。すぐそこだから」

初芽は彼の大きな手をジッと見てしまう。その手は取らなければならないのか、と逡巡しているうちに、彼が初芽の手を取って歩き出した。

「え……？」

「何が食べたい？　ピザ？　中華？　イタリアンがいいかな？」

今までこんなことなかったのに、初めて手を繋いでいる。

なんだか今日は変だ、と思いながら、彼に手を引かれるままに歩いた。

「初芽ちゃん、何がいい？　パスタとピザにする？」

心臓が高鳴る。手汗が滲むのを感じて、初の手を一度離した。

「初芽ちゃん？」

「ご、ごめん。手汗が、すごくて……」

初芽がハンカチをボディバッグから取り出し手をごしごし拭くと、初はクスッと笑った。

「それ、どっちの手汗かな」

そう言って可笑しげに微笑んだあと、また手を差し出された。

「真井君、有名人なんだから、ダメでしょ。写真とか撮られちゃうよ？」

笑いながら彼に言ったら、彼は首を傾げてこちらを見た。

「みんなスマホ見てるし、僕なんか見てないと思うよ？」

でももしかしたら、と思う気持ちがあり、あたりをキョロキョロしてしまう。その間に彼は再び初芽の手を取り、歩き出した。

「初芽ちゃん、手、小さいな。知らなかった」

なんだか、これって恋愛フラグが立っているような……。初芽は初を見上げた。

しかしなんで出会って十年以上たってこんな風に、と考え、慌てて打ち消す。

初みたいな男の人が、初芽を好きになるわけがないだろう。彼の周りには、とても綺麗な人たちばかりいるのだから。

☆

初芽の交友関係は、非常に狭い。自分でも、もう少し友達がいても、と思うが無理はしたくない。

初芽の仕事は外国語の本を翻訳すること。基本は英語だが、スペイン語とフランス語も翻訳することがある。一時期、旅行社などで外国人を案内する仕事に就こうかと思ったこともあったが、そこまで社交的じゃないため多分無理だろう、と断念した。

とりあえず語学を頑張れば何か未来が拓けるはずだと思っていたが、明確なものを見出せないでいた。そのとき、初が本の翻訳などはどうか、と言ったのがきっかけで今の職業に行きついた。

同じ長男長女会のメンバーは、全員国立大学に進学し、初もみんなも国家資格を取ったりする秀才ばかりだ。

ちなみに初芽は受験に失敗し、語学に強い私立大学へ入学し、卒業した。

初芽の職業だって、「手に職をつける」という意味では良く頑張っているほうだと自分では思うが、初をはじめ、上には上がいるということだ。

「仕事、順調？」

不意に聞かれ、初芽はうつむけていた顔を上げた。すでに初の家に上がらせてもらっている。

初が自宅に戻りがてら注文したデリバリーのピザとパスタをテーブルに並べている。

初芽は自分が持ってきていたケーキをテーブルに置き、ソファーに座りながら二と八のロウソクをケーキに立てていた。過去を思い出し、ボーッとしていたと思う。

「うん、まぁ……。この前は、直接出版社に行って修正してきたけど……久しぶりにスペイン語やると、表現に悩んで……」

初芽が苦笑すると、そう、と言った彼はフォークと取り皿もテーブルに置く。ケーキナイフも忘れていない。

「一乃が、最近初芽ちゃん素っ気ない、遊んでくれないって言ってたけど、本当？」

あ、と思いながら、とりあえず笑っておいた。

「一乃、三橋君と結婚したし……まだ新婚だから、邪魔できないよ」

もともと、一乃と一世は高校生の時から付き合っていた。高二の頃からなので、もう十一年の付き合いとなるだろう。

一乃の初めての相手は一世で、付き合って半年になった頃に、そういう関係になった。打ち明けられたのは、彼らが初めてした日から数えて三日後。

その時ものすごく、性というものを意識したのを覚えている。

「新婚って言っても、いつもの延長線上に婚姻契約をしただけって言ってたけど。気にすることはないよ、初芽ちゃん」

「……まぁ、そうかもしれないけど」

「初芽ちゃん、何を飲む？」

「私は、いつもの……」

いつもの、と言いながら食事も飲み物も出してもらっていることに、ちょっと気が引けてしまった。配達の支払いの時、初芽がお金を出そうとしたのだが、いいよ、と言って彼が支払った。

「いつものほろ酔い系？　カシスオレンジでいい？」

グラスと缶を見せると、初はビールの缶と大きめのグラスも持って、またテーブルへ戻ってきた。

「なんだかみんな結婚しちゃうから……連絡とりにくいな、って」

長男長女会のメンバーは皆二十八歳だ。

一真と初美ももうすぐ結婚する。

「そうかなぁ。そんなに気にしなくていいと思うけど」

初芽の隣に座り、彼は缶のプルトップを開け、カシスオレンジをグラスに注いだ。自分のビールもグラスに注ぎ、ライターでロウソクに火をつける。

「初芽ちゃんのケーキを見ると、誕生日って感じがする」

そう言って、彼はロウソクの灯りを吹き消した。

「お誕生日おめでとう、真井君」

「今年もありがとう、初芽ちゃん」

優秀すぎる顔が笑う。

初は自身のオフィシャルサイトの紹介通り、祖父がアメリカ人のクオーターだから、目鼻立ちがはっきりしている。彼が微笑むたびに、いつも初芽の乙女心はドキドキだ。

彼が初芽にグラスを持たせ、乾杯をする。初はビールを半分ほど飲んで、用意していたケーキナイフでケーキを切り分けた。割と会心の出来だったロールデコレーションケーキだから、断面も綺麗で、満足した。

「みんなカップルになったけど、それはそれだから。みんな初芽ちゃんを好きだし、今まで通りにして欲しいと思う。僕だってそうだから」

一乃や初美とは個人的に連絡を取るけれど、初には自分からメッセージを送ることはほぼない。

彼は特別だし、二人きりになるなんて、普通はできない。

「食べない？　エビのピザ好きだったよね？」

「あ、うん……ありがとう。真井君が好きなの頼んだらよかったのに。誕生日だし」

グラスの中のカシスオレンジを飲み、ピザをワンピース取ると、彼もまたピザを手に取った。

「僕は食べられないものはないいし、初芽ちゃんの好みでいいかと思って」

「ありがとう」

笑みを向けると、彼もまた笑顔のまま小さく頷き、テレビのリモコンを手に取った。

「映画でも見ながら食べる?」

「そうだね……でも、最後までは見られないかも。終電あるし」

「そうか、そうだな……」

初とはいつも、間が持たない気がする。

それになんと言っても今日は隣に座り、ピザを食べているから余計だ。落ち着かないままカシスオレンジを飲み干すと、初は二本目を出してくれた。

注いでもらったそれをまた飲みながら、パスタも食べた。

彼のファンからしたら、羨ましいポジションだろう。でも、高校時代からの友達という関係であるだけで、そのほかは何もない。

みんなメンバー内で結婚してしまっているし、気軽に誘っていいのかもしれないが、なんだかできなくて。

初とだって、メチャクチャ仲が良いわけじゃない。彼は一乃も初美も呼び捨てにするが、初芽だけはちゃん付けで呼び、一線を引かれている気がする。

初芽が一番普通の顔をしているし、十年間ただの一度も女性として見られていない気がする。もちろん引っ込み思案の初芽が初へ気持ちを伝えることもなく、今に至っているのも一因なのだが……。そんな関係も、そろそろやめたい。

そういう理由もあって、初芽は長男長女会から少し距離を置こうと思っている。

「初芽ちゃん、付き合ってる人と別れたって聞いたけど」

「あ……ああ、うん、そう……えっとね、半年くらい付き合ったんだけど……私とは合わなかったみたいで」

実は半年前に初めての彼氏ができた。その人は同じ出版業界の人だったが、優しくて、背が高くて、初芽の話を楽しそうに聞いてくれた人だった。

だから、思い切って求められるままセックスをしたのだが、それが良くなかったんだと思う。

初めてだと伝えていたし、羞恥に耐えながら受け入れ、ものすごく痛かったのも我慢をしたが、その初めてが、彼が思ったのとは違ったみたいだった。

二度目も痛くて、勘弁して欲しいと思ったし、三度目はもう痛くて入らず。

性の不一致って、だめなんだな、と思った。

『君はさ、俺のこと好きじゃないから、そもそもセックス無理なんでしょ？　君、最初からちっとも濡れないしね。好かれてない相手とずっといる気はないよ』

初めてできた彼に言われたセリフはショックだった。だが、初芽は彼に何も言えなかった。私なりに頑張っていた、と最後に言った。腕を強く握り、初芽なりに我慢して、いろんな思いも呑み込んでいた。

なのに、彼は初芽をバカにするように笑って言ったのだ。

『頑張ってたって、何を？　最初は可愛いと思ってたけど、こっちは萎えるんだよね。じゃあ、そういうことだから』

元彼に恋をしていたわけではなかった。それでも付き合っていれば、気持ちは育っていくかもしれないと思ったのだ。彼が求めてくるから、好きになりたいと思ったし、身体だって開いた。

人付き合いというのは、そんなものじゃないと、よくわかった出来事だった。

初芽はたくさん考えたつもりだったが、ただ恥ずかしく痛い思いばかりを残しただけだったのだ。

「真井君に話すことじゃないけど……心が付いていかなくて。いろいろ頑張ったけど、その……、できなくて」

自虐的に笑いながら、そうだな、と自分で言って納得した。

思えば、確かに最初から好きじゃなかったし、二十八にもなって処女というのが恥ずかしくなっていたのもある。自分が悪いんだ、と言い聞かせるしかない。

初が、ぽつりと呟いた。

「君は、恋人とか恋愛とかダメなんだと思ってた」

初芽は初の言葉に首を傾げた。ダメ……とは。

「初芽ちゃんは、男を寄せ付けないオーラがあったし……一乃と一世の関係も、遠巻きに見てたというか。きっと、そういう男女の付き合いが苦手なんだと思ってたけど、違った？」

当たらずとも遠からず、という感じだ。

一乃が急に大人になったようでなんだか疎外感があったし、変わらず接してくれる一世も、男なんだなとそこでしっかり自覚した。

何より、多感な十代のあの頃――というのもある。私立の超が付くほどの進学校に入学したものの、勉強が追いつかず焦っていた。それに一乃と一世の関係をいいな、と思っても、好きな男の子とのアレコレを想像すると、どうしても現実感が湧かなかった。

ちなみに好きな男の子というのは、今隣にいる初だ。

高校生の頃は、真井君も三橋君と同じことを女の子としたいのかな、と考えていた。むしろとっくに経験しているだろうと感じていたし、そういう雰囲気だった。

初は出会った時から芸能界にいた。そして、彼が初芽を恋愛対象に見ていないことなど、知っていた。

「違ってはいないけど……そういうのは、私に似合わない気がしてて、ずっと。恋愛は、私には向いてないし……ただゆっくり、丁寧に生きられたら、それでいいと思ってる」

はぁ、とため息が出た。取り繕うように笑みを浮かべて初を見る。

「要するに、ちょっと人づきあいが苦手なのです。不器用にしかできないというか……努力しても空回るから、止めておけばよかったのに……元彼には悪いことしたと思う」

初芽が頭を掻くと、初はそれを止めて、頭を撫でてきた。

そしてそのまま、頭を自分の方に引き寄せられる。初芽は初の肩に頭を預ける感じになった。ドクンと、心臓が跳ねた。

「……っ」

「初芽ちゃんは、すごく良い人だ。ずっと勉強も真面目に取り組んでいたし、いつも周りに気を遣っていた。それはずっと変わらないし、君の今の仕事もすごいと思う。尊敬しているよ」

長男長女会のメンバーはいつも優しい言葉をかけてくれる。

彼と別れたとき、一乃は一世と居たのに、わざわざ夜中に初芽のアパートへ来てくれた。なんだかいろいろショックだったし自分が悪かったんだ、と言うと、そんなことないと何度も言ってくれた。

一乃にセックスがダメだったことなどは言っていない。でも、なんとなく察するところはあっただろうと思う。

初芽の初体験はとても遅いものだったが、いい思い出にはならなかった。きっと初も、初芽のことを長い付き合いの友達だと思っているから、優しくしてくれるのだろう。

誰かに寄りかかることの楽さが、体感的にもよくわかる。

もし次に恋人を作ることができるのであれば、ちゃんと好きな人がいいと思う。そして今、初がこうして寄りかからせてくれるように、互いに支え合えたらいい。

そんな風に考えていたら、上から声が降ってきた。

「付き合ってくれないか、僕と」

初芽は彼の言葉に目を見開いて、彼の肩から頭を上げた。

初の肩に頭を預けていたことを思うと、自分的には結構信じられない。高校生の頃からここまでほとんど接触することがなかったのに、何をやっているのか。

心が弱くなっているんだな、と初芽は逸る鼓動を抑えつつ、目を瞬かせる。

「びっくりした……冗談はよして、真井君」

「冗談なんかじゃないよ。君にはいつも、慎重になりすぎてたし、ずっと仕事のこともあったから、言えなかっただけ。男と付き合うのだって、無理だと思ってたから、せめて近くには居たくて……そのうちに、とは思っていた」

そう言って初は初芽を見つめる。いつになく、目に熱が籠もっているように見えた。

「初芽ちゃんに彼ができたって、一乃から聞いて、すごく苦しかった」

予想外のことすぎて、内容がよく頭に入ってこない。静かに、でも熱心に言い募る綺麗な顔を、初芽はぼんやりと見返した。

彼はきっと、髪も肌も気を遣っているから綺麗だ。

加えて、顔も小さくはっきりとした二重目蓋の美しい目をして、唇も薄すぎず厚すぎず、綺麗な形をしている。鼻筋は通っていて、体軀も何もかも、彼は神様にギフトをもらったかのようだと思う。

「好きなんだ、君が。高校生の時から、ずっと」

神様に愛されたような容姿と才能を持ち、二十七歳でモデル復帰しても、すぐにトップモデルに上り詰める彼が、初芽を好きだと言って、見つめてくる。

高校の頃から好きなのは、初芽も一緒だった。だけど、彼は初芽を選んでいいような人ではなく、ただいつも眩しい存在だった。

すごくモテて、美人な同級生、先輩、後輩からも次々に告白されていて。なのに、高校生の時から初芽を好き、なんてやっぱり信じられない。信じたい気持ちがあっても、いろんなことで差がすごすぎて。

「ありがとう……でも、真井君の相手は、私じゃないと思う。もっと素敵で、美人で、すごい人が……」

「初芽ちゃんも、同じ気持ちだったと思ってた」

初芽の言葉を遮るように言われ、再び瞬きをして彼を見る。

恋愛しなきゃと焦っていたのは本当だが、誰にもこの気持ちを話したことはなかった。だが、もしかしたら夜中に駆けつけてくれた一乃にはわかったのかもしれない。一乃が感じたままを初に話したとしても不思議ではない。

「真井君はだって……」

初芽がそう言いかけて言葉に詰まると、初はため息をついた。

「だいたいわかるよ言いたいこと。でも、去年どうしてもって言われて出たパリコレで、君が……いつになく僕を、まるで本当に恋したみたいに見てくれたから」

去年のパリコレクションに、デザイナーのたっての希望で、初はモデルとしてランウェイを歩いた。当時はまだ弁護士事務所で働いていたけれど、事務所に許可を得て、身体づくりをして出たのだ。

初芽も翻訳家として独立を悩んでいた時期だったので、一乃と一世と一緒に思い切ってフランスへ行き、彼が歩くところを初めてちゃんと見た。

初は全部で五回歩き、最後はデザイナーと歩いて、ショーを締めくくった。

いつも以上にカッコイイし、素敵だった初に、初芽はいつになく興奮して、すごくよかった、と何度も言った覚えがある。

言いたいことはわかる、と言った初は、本当に初芽が思っていることをわかっている様子だった。

彼は一度きっぱりとモデルの世界から身を引いた。もちろんオーラがあるから、それでも普通の人と違ったのだが、弁護士事務所に就職し、きちんと弁護士をしていたのだ。

大手の弁護士事務所の誘いは断り、手堅い仕事をするような事務所に就職した彼が優秀だったらしいのは、一世から聞いている。

「君がカッコイイって言ってくれたから、もう一度モデルに戻ろうと思った」

初は一呼吸おいて、初芽を見つめる。

「考えてくれない？　初芽ちゃん。僕たちはもう高校生の頃と違って、いい年した大人だ。君を思う気持ちは、色褪せない。これからのずっとを、考えてみない？」

彼の目は、いつも人を惹きつけて離さない。

だから、こんな風にジッと見つめられると、堪らない気分だ。

初の、少し淡々とした喋り方の中に、熱い気持ちを垣間見て、ここで断るのは非常識とさえ思える。

「これからの、ずっと……？」

初芽が言うと、彼は頷いた。

「そう。これからずっと、一緒にいるということ」

こんなこと言われる感じの私だっけ、と初芽はみたび瞬きをした。

焦って見つけた彼氏には、セックスの最中ちっとも濡れないと言われたし、人付き合いだって苦手だ。

最近は長男長女会とも距離を置こうと思っていたくらい、割とネガティブになりやすい初芽に、こんなに素敵な初が、これからずっと一緒にいる、と言ってくれている――。

思考停止している間に、彼の手が初芽の後頭部に回され、引き寄せられた。何をされるかわかっていた。

こうやって引き寄せられるのは、元彼から何度かされたことがあるからだ。でも、それはさておき、それを初からされている事実が、信じられない。

そうこう考えているうちに、唇が触れ合う。ただ唇をくっつけただけのキスだから、よくわからなかったが、次にされたキスで、彼の唇が柔らかく熱いのがわかった。

「っ……」

初芽は息を詰めた。

唇全体を彼の唇が覆い、一度離したかと思うと、初芽の開いた唇の合間から、舌が入ってくる。

「は……っ」

水音が聞こえてくる。その音が耳に届く。

初が初芽の舌を捕らえ、絡め、吸う。

キスくらい、したことはある。でも、経験は役に立たないのだとわかった。

だって、これはずっと好きだった人としている。その相手が初で、彼の息遣いさえ近くにあり、情熱を感じられるから。

なんだかとても気持ちが良くて、あれどうして、と思っている間に初芽は力が抜けてしまい、ソファーに背が付いてしまう。

「初芽」

名を呼ばれて目を開けると、見たことのない顔をした初がいた。

胸がグルグルと疼く。息をつかせないほどの激しいキスをしたわけではないのに、呼吸が上がる。

初芽はブラウスの胸元を握りしめ、それからスカートも握りしめた。

疼く場所は、一か所ではなかった。

こんなの初めてで、どうしようと思うくらい、自分の身体を持て余す。

「あ……」

初芽が目を泳がせると、初が目尻を親指でそっと撫でた。

「……普通の反応だと思うけど、もしかして、知らない……？」

初はスカートを握りしめる初芽の手に自身の手を重ね、そっと包み込んだ。

綺麗な目が熱を帯びたまま、初芽を見つめてくる。

「何が、普通……え？」

何度も目を瞬きすると、初は少し驚いた顔をして、それから微笑んだ。

「知らないなら、僕が、丁寧に教えたい」

耳元でそう囁かれ、いつもながらの低くて良い声が掠れていて、よりいつもの初と違うことを感じさせられる。

膝をすり合わせると、初芽は自分の足の間が、なんだか濡れている感じがした。

「わ、私……」

戸惑いを隠せない。

初とキスをして、それからこうなっていること。そして、付き合った相手から教えてもらえなかったこと。

「こんなの、想定外だけど」

そう言って初芽の耳を食むようにキスをされ、耳の後ろを濡れて柔らかいものが這う。

「ひ……ぁ」

変な声が出て、頭の中も身体の内側も、グルグルしておかしくなりそうだ。

「初芽ちゃん、君を抱きたい」

そう言って初は初芽を抱き上げ、リビングから移動する。

初の誕生日だから、初の家に来ただけ。たまたまいつものメンバーが来なかっただけ。互いに大人になって、たまたま二人きりになっただけなのに。

どうしてこんなことになっているんだろう。

初が移動した先は寝室だった。シンプルな大きめのベッドに初芽の身体を下ろし、覆い被さってきた初に、初芽はどうしようもなく震えた。経験したことのない身体の反応に戸惑う。

「大丈夫、怖がらないで」

もしかしたら、泣きそうな顔をしていたのかもしれない。

初の言葉にどうしたらいいかわからないまま、初芽は初と唇を重ねる。

そしてずっとずっと好きだった初の、身体の重みを感じながら、息を詰めるのだった。

2

「はぁ……っん！」

自分の唇から信じられないほど甘い声が出た。

服の下にある肋骨のあたりを、大きな手が撫でただけだというのに、なんでこんなに、と初芽は戸惑う。

「そんな可愛い声、今までどこに隠してた？」

は、と息を詰めた初が背に手を這わせ、初芽の下着のホックを外すと、胸元の締め付けが緩んだ。胸がどうしようもなく早鐘を打っていたのもあり、少しだけ楽になった気がしたがそうではなかった。

「あっ……」

また声が出てしまい、慌てて唇を閉じる。初の手が、そんなに大きくない初芽の胸の膨らみを、下から上へとゆっくり揉み上げた。

初の手は、指の形も爪の形も綺麗だ。高校生の頃からずっと見ていたから知っている。その美しい手が、初芽に触れ、胸を揉み、その隆起した先端を指先で転がす。

初芽はまだ脱がされていないスカートを摑んで、下腹部まで心臓になったような心地になっていた。勝手に脚が縮まり、上にいる初の腰を両足で挟んでしまう。

「さな、いく……っん」

名を呼ぶと、彼は唇を重ねてくる。舌がすぐに搦め捕られ、水音が聞こえてくる。

初芽は経験がないわけではない。けれど、舌を入れるキスは好きではなかった。卑猥に舐(ねぶ)られるような、濡れた感触が嫌いだった。

でも、初のキスは全然違った。

舌先がゆっくりと初芽の舌を転がし、時に上顎を撫でるようにされ、ゆっくりと官能を引き出されるようだった。

「キスは好き?」

唇を触れさせながらそう言う初に、初芽は答える。

「好きじゃ、なかった、けど」

「けど?」

クスッと笑った初が下唇を吸うように口付けをし、チュ、と小さく音を立てた。上唇も同じようにされ、少し彼の口が離れたところで、声を出す。

「私、変かも」

「気持ちいい?」

その問いに答える前に、初が二つの指で乳房の隆起を挟みながら、ゆっくりと回すように揉んだ。

「服、脱がすよ?」

彼はブラウスとキャミソール、そしてブラジャーを一気にたくし上げ、初芽の首元を通して取り去ろうとする。

「……っ」

首からブラウスなどを抜かれ、両手からすべてを取り去られると、纏うものが何もない肌に部屋の空気が触れた。

初芽は顔を横に向け、両手を胸元に無意識に寄せていた。その両手を彼がゆっくりと開き、初の目の前に裸の胸が晒される。

「……真井君」

恥ずかしい。初芽の裸の胸を見て、どう思っているだろう。胸は小さい方で、自信なんかない。

「綺麗だ。ずっと、こうしたかった」

初は初芽の両手から手を離し、胸の間に手を這わせる。ふるっと、勝手に身体が震え、潤んだ目をキュッと閉じた。

布が擦れる音が聞こえ、薄目を開ける。初はシャツと下着を脱いで、上半身裸になった。細身だが筋肉のついた綺麗な上半身だった。

初芽はそれを見て、息を詰める。初と目が合うと、彼は微かに唇に笑みを浮かべ、初芽のスカートを脱がせていく。

再び覆い被さってきた初は、初芽の胸に触れたあと、そこに顔を伏せた。

「は……ぁ」

初芽の乳首を吸い、そのあとまるで食べるように、口に含んだ。舌先が胸の隆起を転がし、水音を立てて離れると、反対の胸も同じようにされる。

すべて比べてしまう。

初めての時も同じことをされたのに、まるで違う触れ方だ。割と痛く乳房を掴んだ元彼に対し、初の触り方は優しく、初芽の官能を引き出す。

だから余計に、身体が震え、知らずに腰が揺れていた。

「初芽……可愛い」

どこが、と思って小さく首を振ると、彼の指がショーツの中へ入ってくる。

「可愛いよ、初芽ちゃん……もう、結構濡れてるね」

クスッと笑って、初はショーツをずらしていく。

すべてが露わになっていくと余計に恥ずかしくなり、初芽はキュッと目を閉じた。

濡れているのが自分でもわかる。

「こんなの、初めて……」

「どうして？　君の彼氏だった人も、こうして繋がったんでしょ？」

片方の足首からショーツを抜かれ、初の綺麗な指が、初芽のソコに触れる。

「こんな風になったことなくて……痛くて……っあ！」

ズッと長い指が入ってくる。初芽はビクリと身体を揺らした。

「あっ、あっ、あっ……っんぅ」

初の指が、初芽の中で抽挿を始める。指はすぐに二本に増え、濡れた音が耳に響く。

「痛くない？　平気？」

優しい声で気遣われる。何度もコクコクと頷いて、どうしようもないほどお腹の奥が、
まるでグルグル動いているかのように感じる。

「狭いね……嬉しい」

「は……っあ、あっ……もう、ダメ、やめて……っん！」

やめて欲しいけれど、初の指は初芽の内壁を執拗に押してくる。身体が戦慄き、首を振る。

なのに、もっとして欲しい。

「イク？　いいよ、イって、初芽ちゃん」

「い……いく、ってなに……っ」

「わかるよ、すぐだ」

初の指の抽挿が速くなり、唇が初芽の胸に吸い付く。乳首を強く吸われ、軽く歯を立てられたとき、初芽の中は限界を迎えた。

「あっ！　ダメ、もう……っやあ！」

勝手に腰が反り、初芽は忙しない呼吸を吐き出す。

腹の底の興奮が収まらず、どうしたらいいかわからない。

濡れた音を立てながらゆっくりと指を引き抜かれた。初は初芽を見て微笑み、初芽の中を蹂躙していた指先をペロリと舐めた。

「イったね、初芽……もう、君の中、トロトロだ」

嬉しそうに言いながら、指先を初芽の身体の隙間に軽く入れ、それから上へとなぞり上げて、そこの尖りを軽く摘まんだ。

「あっ！」

クスッと笑った初は、手を伸ばした。涙ぐんだ目を向ければ、その手には四角のパッケージがあった。いったいどこに置いてあったのだろう。彼は噛み切って封を開け、膝立ちになり、前を寛げていたパンツと下着を下げ、コンドームを身に着けた。

男の人のそれは知っている。大きくて中に入らないと思うくらいのモノだ。初のは記憶のそれよりずっと大きくて、痛かったあの時を思い、怖くなる。

「怖いから、やだ……」

「痛くしない」

「そんなの無理……絶対、痛いから……」

半泣きのような情けない声を出して、初芽は腰を引いた。

そうすると、彼は初芽の足の間に顔を伏せて、舌で秘めた部分を舐め上げた。

「あ……っは！」

たった一度そうされただけで、初芽の身体はグズグズだ。

「すごく濡れてる。ゆっくりするし……痛くしないから」

そう言ってまた彼はソコを唇を開けて舐めた。シャワーも浴びていないことを思うと、いたたまれなかった。けれどそんな戸惑いはすぐに霧散してしまう。

舌が初芽の中に入って、中を少しだけかき回した。それから舌先がグリッと尖りを転がす。

「ダメ……っんぅ」

「平気そうだね」

顔を上げた彼は、自身の腰を初芽に近づけた。それからゆっくりと押し上げるような動きで、初芽の身体の隙間に自身を入れてくる。

「は……っあ、あぁ……っん」

知らずに声を上げてしまう。

彼のは本当に大きくて、初芽の中をこれ以上ないくらい満たしてくる。

脚を縮め、なんでこうなっているかわからないくらい、まるでそこが心臓にでもなったかのように脈打つ下腹部を持て余す。

初の背に手を回し、知らずギュッと抱きしめていた。

「ああ……すぐに、イキそう」

彼はじっくり時間をかけて初芽の中にすべてを収め、そのまま一度腰を揺すり上げた。

「はっ……は……っあ」

「好きだ、すごく……初芽」

切ない声を出しながら、これ以上ないほどに色っぽい目をして初が言った。

一度目を閉じ、開けたときの色を湛えた綺麗な目。いつも美しく少し冷たい印象を与える彼に、エロティックさを感じる。

「痛くないでしょ？」

クスッと笑った彼に、小さく頷く。圧迫感はすごいけど、痛みはない。優しく、ゆっくりしてくれたから。

「初めから僕にしておけばよかったんだ。バカだな、初芽ちゃん」

は、と息を吐きながら、彼は自身のモノで抽挿を始めた。入ったものが少し出ていき、それからまた入ってきて奥をグッと押す。

そのまま腰を押し上げられると堪らなくて、初芽は声を抑えきれなかった。

「は……はっ……っあ、あっ、あぁ……っはぅ」

今日はセックスをするなんて思いもしなかった。初の誕生日に彼の家に行っただけだった。

なのに、痛くて全然ダメだった今までの行為など、セックスではないと思わされた。

あの日のセックスは何だったのだろう、と思うほどの快感に溺れそうになる。

「気持ちいい?」

彼は挿入したまま初芽をゆっくりと抱き起こし、向かい合うように座る。

自分の身体の重みでより結合が深くなり、初にしがみついた。

「気持ちいい、真井君……」

こんなこと知らなかったし、彼とこうしている今が、信じられない。

「ほんと、気持ちよさそうだ」

少し目元を緩めた初はそう言って、初芽の前髪をかき分ける。

「……動くね」

初は初芽の頬に優しく触れたあと、腰を突き上げてきた。

何度もそうされて、互いの吐息が交じり合う。初芽は、これまでにないほど自分のソコが濡れそぼり、初が動くたびに淫らな音が聞こえてくるのを、恥ずかしいと思う。

こんなことになって初はどう思っているのだろうか。ずっと高校のころから好きだった目の前の彼を見る。

「今までにないほど、君が近い」

そう言って微笑みながら、初芽の背中をゆっくりとベッドに戻した。

彼は初芽の両膝に手を置き、突き上げてくる。そのピッチはさっきより速くて、初芽は中を出入りする硬い初に、どうしようもなく感じていた。

「や……あっ……ダメ、さな、いく……っ」

「イキそうならイって……僕も、イク、から」

そう言って彼は、初芽の身体の横に手をついた。

初も初芽も、これ以上ないほど息が上がっている。初芽は知らずに彼の腕の下から背に手を回していた。そうすると、初は初芽を抱きしめながら、腰を揺り動かす。

もう何も考えられない。

ずっと好きだった、モデルとして世界的に活躍をしている真井初と、こんなことをするなんてありえない——といういつもの遠慮した考えなど、全くなかった。

初の情熱を受け止めながら、ああこんなに私のこと、と思う気持ちだって湧き上がってくる。

「あ、あっ！　もう……っ」

初芽に限界が来て、彼に強くしがみつくと、彼もまた最奥に自身のモノを届かせてくる。

「んん……っ」

彼が少し呻くように声を出した時には、初芽は達していて。

それから小刻みに身体を揺すられて、初は動きを止めた。

起き上がった彼は、胸を上下させ忙しない息を吐いていた。髪の毛を掻き上げ、初芽の下腹部に手を這わせたかと思うと、胸を揉み上げながら、そのままキスをする。

「ん……っふ」

一度舌を絡め、それから初は自身をゆっくりと初芽から抜いていく。

コンドームをパチンと音を立てて取ったのを見て、初が中で達したのがわかった。

初芽はそれがゴミ箱に投げ入れられるのを見たあと、目を閉じる。

ずっと好きだった。でもなんで、こんな急にしてしまったんだろう。

後悔はないけれど、と思いながらそのまま目を閉じていると、意識が沈み始めて目を開けられなくなってしまい。

初のベッドの上で、余韻を残しながら眠ってしまったのだった。

☆

初と二人きりになるのは、今回が初めてではなかった——と、初芽は眠っていながらも思い出していた。

『方向一緒だから、一緒に帰らない？』

モデルをしている初は仕事が忙しくないときは学校に来て、いつも通り授業を受けていた。単位はきちんととって卒業したい、と所属する事務所に言っていたらしく、初は昼からであってもできるだけ学校に通っていた。

初とは家の方向が一緒で、路線ももちろん同じだったから、一乃と一世と別れ、二人で帰ったことが一度だけある。

以後は彼の仕事のため、学校に迎えが来たり、早退したりなどで、一緒に帰ったことはなかった。

たまたま一緒に帰れたあの奇跡の時間を、初芽は胸の奥に宝物のように記憶している。

『初芽ちゃんは、どんな曲が好き？』

音楽は聞かない方で、何と答えたらいいかわからなかった。彼はスマホに曲をたくさん入れているらしく、指先ではじくようにスクロールすると、ダーッとたくさんの曲名が画面を流れた。

『私は本を読む方が好き、だから』

好きな本を読み返したり、一気に読んでもう一度見たりするのが好きだった。それをしている間は本に思いを馳せることができるし、登場人物の心に入り込むような気がして、とても貴重な時間となるのだ。

『そっか、僕はこの曲が好きなんだ』

そう言って初芽にイヤホンの片方を差し出す。初芽はその時、躊躇うように彼の指先からイヤホンを取った。

初芽はそんなに喋らないから、きっと手持無沙汰なのだろうと思った。

イヤホンを耳に着けると、初は初芽の顔を見て微笑んだ。特別である彼の、自分に向けられる笑顔が嬉しくて初芽も小さく微笑み返した。

彼がいつも使っているイヤホンを耳に着けていると思ったら、耳が熱くなってしまったのを覚えている。その時に流れていたのは有名な男性アーティストが歌う、桜にちなんだ歌だった。

曲は一応知っていたけれど、この時の初芽の耳には、歌の歌詞なんてちっとも頭に入ってこなかった。一緒の時間を共有しているのに、聞こえてくるのは周りの雑音ばかりで。

『ねえ、あれって真井初君じゃない？　高校の制服、もそうだし……普通に電車に乗ってるんだぁ』

『隣にいる小さい子、彼女かな？　似合わなくない？』

彼のイヤホンを借りていることに緊張もしていたけれど、初を垣間見た人が話している内容も聞こえてきて、それがとても気になった。

初芽は当時も今も、良くも悪くも普通だった。なんにも特徴も、特技もない地味な人間。十代の頃なんて、長男長女会のみんながすごいから、コンプレックスの塊のようだった。

『僕は今、初芽ちゃんの友達だから。ごめん、気にしないで』

そう言って、強張った顔の初芽を見てくれたのを覚えている。

友達の特権で、イヤホンを借りているが、このイヤホンを借りたい人はきっとたくさんいる。そう思った瞬間だった。

けれど、きっぱりと今は初芽の友達だと言った彼に、初芽はむちゃくちゃキュンとしてしまい、学生鞄をギュッと握りしめた——。

初は昔から素敵な人だった。

だからって、いくら好きだとはいえ、こんなことになるとは思いもしなかった。

初芽は女で、初は男なのだから、全くありえない話ではなかったのかもしれないとも思うけれど、友達の距離で充分、良かったのだから。

☆

目が覚めて、あたりが少し明るくなっているのに気が付いた。

身体の上に、少しずっしり重みを感じたのは、初の腕が初芽の身体を抱くように布団の上にあったからだった。

規則正しい寝息の初は、薄暗い明かりの中でも秀逸な顔をしている。睫毛が長いのは知っていたが、こうして目を閉じているとよりその長さを確認できた。

「…………は」

一度息を吐いて、そっと腕をどかして起き上がり、ゆっくりとベッドを出る。

昨夜、彼との行為のあと、寝入ってしまったのに身体はべたつきも何もない。

きっと軽く拭かれたのだと想像すると、やはり恥ずかしかった。

素肌も胸も、足を開かれ、見られた秘めた部分も、思い出せば全部が恥ずかしい。

そう思いながら軽く整え置いてあった服を見て、下着も一緒にあることにホッとした。

バッグも拾って玄関へ行くと、服をできるだけ静かに急いで身に着ける。

「なんでこんなことになったんだろ……」

付き合ってもいない、好きだと言われただけで簡単に身体を開いてしまった。

初は遊びでそういうことをするような人じゃないけど、と思いながら初芽は靴を履いて彼の家をそっと出る。初のマンションが、オートロック機能付きで良かったと思いながら、ドアを閉める。

エレベーターに乗って、マンションを急いで出ていく。

腕に付けたままだった時計が朝の五時過ぎを指していたので、始発はもう動いているはずだ。

「真井君の家から駅が近くてよかった」

初芽はとにかく早く家に帰りたかった。

駅に着くと数分後に電車が来て、それに乗って、座席に座ると大きな息を吐いた。

急いでここまで来たからどこか変になっていないかと、バッグから鏡を取り出し顔を見る。すると、鎖骨の少し下あたりに、赤い痕があった。

「あ……」

長い綺麗な指先が、初芽の身体に触れた。唇が初芽の肌を辿り、舌先が秘めた部分を舐め上げた。

身体のそこかしこに、初の触れた感触が残り、彼と繋がった部分はまだ彼自身を含んでいるような感覚があった。

初芽はセックスをしたことがないわけではない。だから抱かれるということがどんなことかわかっていた。

けれど、元彼とする苦痛だった触れ合いと全く違って、初との行為が本来のセックスなのだとわかってしまった。

『そんなに痛いの？　ローション使ったんだけど』

初芽は思い出し、キュッと唇を閉じた。

元彼なりに初芽との行為を良くしようとしてくれたのかもしれない。でも、同意の上とはいえ最後にした行為で、強引に繋がったあの時は、悲鳴を上げるほど痛かった。

「同じことしてるのに……」

初芽は控えめに言っても、初との触れ合いで善がっていた。

どうしようもなく胸は高鳴り、下腹部に至っては、ここが心臓かと思うほど脈打ち、うねるような感覚になっていた。

もっとして欲しいと思った。あれが気持ち良いという感覚であるなら、絶対そうだろう。そうなっている間はずっと、何も考えられず、ただ自分の感覚を追うだけで満たされた。あれが本来の愛し合う行為なのだろう。初芽は過去を思い出してなにをやっていたのか、と後悔と反省が尽きない。

「ああ、でも……どうしよう」

初は好きでも届かない人だと思っていた。

そんな初が本当に初芽を好きでいてくれたのだろうか。

『好きなんだ、君が。高校生の時から、ずっと』

あの言葉を、信じていいんだろうか。

そしてこんな風に何も言わずに彼の家を出てきて良かったのだろうか。まるで逃げるみたいに。

「いい大人のくせに、何を……」

引越しは三日後で、その前にはきちんと話をした方がいいと思うけれど。

大人としてきちんと向き合うべきだとわかってもいるけれど。

「あぁ……ずっと好きで憧れてたからって、いきなり何もかも飛ばしてしてしまうなんて……恥ずかしすぎる。どう話し合えばいいの？　この前まで……一応友達っていうポジションだったのに」

そもそも、初とは誰かと一緒にという感じでしか、会ったことがない。今回だって彼の誕生日だから集まろうという話になって、会う機会があっただけで、初芽から誘うことは皆無だった。

かといって一乃に話すと一世にも伝わり、気を遣わせてしまう。一真と初美ももうすぐ結婚式をするし、気を揉ませたくない。

「考えなきゃ……」

はぁ、とため息をついても、初芽の身体には初の痕跡もある。

それに、彼が触れたあの感覚も、初めて得た快感も、もう取り消せない。

とりあえず家に帰って、と思いながらキュッと目を閉じる。

「独立したばかりなのに、こんな……」

これからは自分でコントロールしないといけない仕事だ。

考える時間の方が長いから、できるだけ詰めて仕事をしていくつもりだったので、今日もきちんとしようと思っている。

それなのに、こんなに心を乱されてどうするの。

向き合わないと、と思いながら初芽は電車の窓に頭を預けてまたため息をつくのだった。

3

――真井初は十五歳の頃、高校の同級生で同じクラスになった八坂初芽に、出会ったときから恋をしていた。

「河瀬、真井、三橋、八坂……君ら長男と長女なのか？」

入学直後の教室で、担任の先生からそう言われたとき、初の人生の一部となり、付き合いが長くなるクラスメイトとの出会いがあった。

このときは、四人とも先生の問いには答えず、先生は頭を掻いて次の話に進んだ。

初は私立の進学校にトップの成績で合格し、入学した。その高校は芸能活動も認めており、単位が足りないときは補習、または自宅学習にてテストで既定の点数より二十点以上高い点数を取れば、進級を認めてくれる学校だった。

規則が緩いわけではないが、名のある学校なので、卒業すれば後々に有利になることも考えての進学だった。

初が芸能活動を始めたのは十四歳になったばかりの頃だった。駅で電車待ちをしていたらスカウトされ、名刺を渡されたのがきっかけだった。

両親は子の自主性を重んじており、どうしたいかと問われ、話を聞きたいと言ったら連絡を入れてくれた。そして事務所の社長である牧瀬太郎（まきせたろう）と牧瀬みずほが、菓子折りを持って挨拶に来たのだった。

まだ小さい事務所だが、実力のあるモデルをしっかりと育てていきたい、と熱心すぎるほどだった。太郎は自身のプロフィールを紹介するため自らの活躍をまとめたものを持参し、両親に見せるなどした。

レッスンはやはり厳しいが、背の高さは十分で、バランスのとれた体格、整った顔立ちをしているからきっと初は大物になると力説に力説を重ねた。

そんな懸命な太郎とみずほを見て、やってみてもいいかな、と思った。

勉強は好きだが、今まで何かを真剣にやったことがなく、運動もそれなりにできるため、努力をしたことがなかった。

努力が必要かと聞いたら必要だと答えた二人に、じゃあやってみます、と言ったところから初の芸能人生は始まった。

十五歳になる頃には、普通に少しばかり高級そうな雑誌に載るようになり、最初は歩くのがへたくそで落ちていたオーディションも一つ受かったと思ったら、その後は次々と受かるようになった。

モデルの仕事は楽しく、周りの人々はきちんと大人としての作法を教えてくれ、芸能の世界に足を踏み入れながら人間として成長していけたと思う。

だから辞める気などなかったし、高校もモデルとして活動ができるところを選んだ。

もちろん大学まで行くつもりだったので、きちんとした進学校に入りたいと思い、受験した。

ただひとつ誤算だったのが、大して熱量を持って学生生活をする気はなかったその場所で、八坂初芽と出会ったことだ。

担任が名前を挙げた、河瀬も三橋もどこにいるかわからなかったが、出席番号で並んだ席順だったから、八坂はすぐにわかった。

はじめ、という名前だから男だと思ったが、黒髪に三つ編み、眼鏡の女の子だった。

眼鏡を押し上げながら顔を上げた彼女は、可愛い子だった。目鼻立ちは整っているが、きっと眼鏡と髪型で損をしているのだろう。

初が見ているのに気付き、彼女は瞬きして小さく頭を下げた。

　そして、三橋、河瀬、という人物も特定できた。初と考えることは一緒のようで、一番後ろの席にいるはじめ、と呼ばれる彼女を見ていたらしい。

　三人の視線を感じてか、ややうつむきがちになった彼女は、なんだかやけに可愛かった。初は前を向き、担任の話が終わるのを待ち、下校時間になってすぐに八坂初芽のところへ行った。

「八坂さん、はじめ、ってどう書くの？」

　初が声をかけると、びっくりした様子だった。

　あ、と言った彼女は少し目を泳がせ、それからバッグからメモとボールペンを取り出し、名前を書いた。少し丸いが、はっきりとした字で八坂初芽、と書いた。

　なんとなく真面目そうだという印象だったが、後に本当に真面目で努力家というのを知る。

「この字だったら、男でも女でも大丈夫だろう、って父が……」

　そうなのか、と思って字を見ていると、後ろから肩を叩かれた。

「ねぇ、もしかしてさ、モデルの真井初？」

　三橋一世だろうと思われる人が声をかけてきて、一瞬眉をひそめたが、人懐っこくにこりと笑った彼は手を出してきた。

「こういう私立校って初めてだからさ、お互い助け合いたいって思ってさ。長男のよしみで」

「私も、良い大学行きたいし、トップ入学の人と、できれば助け合いたいかな……一応、長女ってことで」

頬を人差し指で掻きながらやってきたのは河瀬一乃だった。

そしてその様子を見て、ふふ、と笑ったのは初芽で。

「私も受験勉強必死だったし……できれば……成績の面で……とは今、思っちゃった」

笑った顔もなんだか魅力的で、ホッとするような雰囲気だった。

いつも初の周りはみんな大人ばかりだったから、正直大丈夫かと思っていた高校生活が有意義になりそうな気がした。

何より、初芽の黒い髪の毛と可愛い表情、そして真面目そうなその雰囲気が、初の心を摑み始めていた。

これが「好き」という感情だと知ったのは、ほんの数ヶ月後のこと。

初にとって初芽は、初恋だった。

☆

日の光がかなり明るくなった頃、初はゆっくり目を開けた。

新しい日が始まった、今日はオフだから——と思い始めたところでハッとする。

目を見開いて慌てて飛び起きると、隣に初芽はいなかった。

「………」

瞬きをして、それから目を閉じる。そのまま力を抜くと、ボンッと頭が枕に落ちた。

「何を……やってるんだ」

初は昨夜、初芽とセックスをした。

彼女は情事のあと疲れたのもあっただろうし、頭もいっぱいだったかもしれない。スウッと意識を失うように眠ってしまい、以後は何をしても起きなかった。

温めたタオルで軽く身体を拭っただけなので、シャワーは朝浴びてもらおう、と思っていた。

初は軽くシャワーを浴び、着替えて彼女の隣で眠った。しばらく寝顔を見ていて、やっぱり可愛い人だと思いながら、直毛の黒髪に触れた。

今まで触ったこともない髪の毛の柔らかさに感動し、明日はきちんと話そう、と決意したのだ。

身体を抱いてしまったあとで、あれこれ言っても言い訳にしかならないような気がする。それでも初芽のことが好きだったから、心の赴くままにしてしまった。

「昨日は、変な言葉ばかり羅列してたな……」

初は腕を上げて目元を隠し、大きくため息を吐く。

彼女がセックスをするのが初めてじゃないのは、わかっていた。初芽自身が処女であるのをひけめに感じ、早く捨ててしまいたいと思っていただろうことは、彼女の態度などでもよくわかる。

ずっと初芽を見ていたし、気にしていたから。

昔から彼女は恋愛は、やや苦手だったように思う。

いつか自分が、と思っていた。初芽は初が好きだと思っていたのを知っているから。でも、ずっと何もせずにいたのは、彼女の純粋で真面目な心が、もう少し恋愛に興味を持ってくれるのを待っていたからだった。

しかし、ある日一乃からちょっと話があると言って呼び出された時に聞いたのだ。

『初ちゃんがずっと待ちすぎてるから……！　初芽ちゃん、彼氏作っちゃった……きっとやっちゃったよ？』

頭が真っ白になった。

初芽が大切だった。彼女が笑いかけてくれるたびに疼く心を持て余しながら、もっと大人になって欲しい、もっと初を好きだという気持ちと向き合って欲しい。そう思っていた。

『ありがとう一乃。でもきっと、初芽ちゃんは、その男を本気で好きだって思ってないはずだ。僕は心が欲しくて待ってるから、ずっと』

初はそんな強がりを言って、プンスカ怒っている一乃と別れ、そのあとはもう、しばらくどん底に落ちていた。

初芽が他の男のものに——と思うとファッション誌の撮影に身が入らず、カメラマンからため息を吐かれた。いつも通っているジムのランニングマシーンでこけたりもした。

あのときみたいにまた、失いたくない。そう思って暴走気味だった自覚はある。

「まだ付き合ってもないのにセックス……初芽ちゃん、どう思ったかな……」

目を閉じれば、思い出す。

初の下で声を上げた初芽はこれ以上ないほどエロティックで、可愛かった。黒髪のサラサラの髪の毛は想像以上の指通りで、たったそれだけで興奮した自分は、ある意味変態なのかと思うくらい。

しつこいくらいに愛撫しながら、彼女はきっと、良いセックスをしてこなかったんだろうと思った。何回したのかは知らないが、きっと痛かったのだろうと想像した。初芽の性格を考えると、積極的になってもらえるとは思えないから、全力で蕩けさせるしかないのはわかっていたが、自分も彼女に触れたらどうしようもなく、昂ってしまって——。

「きちんと会って話さないと……」

初は起き上がって、目をキュッと閉じた。

脳裏に浮かぶ初芽を思い出すと、もう一度触れたい、と思ってしまう。

ずっと、不可侵の女神のような存在だった。

人を気遣う優しさも、勉強についていく努力をするひたむきさも、外国語を必死で勉強して一人の翻訳家として仕事を確立した勤勉さも、すべて魅力的だった。

好きなのに、ひと思いに触れることもできなくて、心も身体も大事にしたくて、一世や一乃のようにはなれなかった。

おまけに初はモデルとしてかなり有名だったし、繊細な部分がある初芽においそれと手を出しにくかった。やっと弁護士として独り立ちしてきた頃、一度だけモデルとして仕事をして欲しいと言われ、その時にモデルに戻ることに決めた。

正直に言って、モデルを続けるよりも弁護士として暮らした方が、無難だ。仕事は順調だし、初芽と付き合うのだって、人目を気にしなくて済む。

モデルを辞めて数年たつ頃には、真井初という名前はほぼ聞かなくなり、眼鏡も帽子も必要なくなっていた。

だから、そろそろ、と思っていた。けれど、臨時モデルでランウェイを歩く初を、初芽はこれ以上ないほどキラキラした目をして見てくれたのだ。

さすがだ、と言ってくれた。

『モデルの真井君、やっぱり、すごく素敵』

たった一言で、天にも昇る気持ちになった。そんな風に思ってもらえるなんて、嬉しかった。まだ自分に需要があるのかと、元いたモデル事務所に相談をした。

初は初芽が、好きで好きで、ずっと好きで。

なんで、こんなに時間が経ってしまったんだ、なんでもっと積極的にいかなかったんだ、とただ後悔するばかり。その蓄積の結果が昨夜の行為だとしたら、それこそ、今までの時間も何もかも水の泡になったかもしれない。

ああ、どうしよう、と思っているとスマホの着信音が聞こえ、手に取る。

『おはよう、初、起きてるか？』

事務所の社長、牧瀬太郎からの電話で、初は大きくため息を吐いた。

「起きてます。今日はオフのはずですが……なにかあったんですか？」

『昼から出てこれるか？　二時くらいかな。ディースエリーが、急に初に会いたいらしくて。たぶん、次のコレクションの話だろうけど』

ディースエリーは有名なブランドで、パリコレを始めとしたショーをいくつか手掛けている。また、ディースエリーの服を着てデートをすると恋が叶うとまで言われ、女性に人気がある。

「今日は……キャンセルできますか？　ちょっと疲れてて」

『なんで？　いつもはエリーだと断らないのに。なんだ？　ヤリ疲れでもしたか？』

ははは、と笑った太郎に少しだけムッとしたが、大きく息を吐いて初は答えた。

「……昨日誕生日だったし、疲れてるだけです。エリーには僕から会いに行くって言っておいてくれますか？」

昨夜セックスをしたのは本当で、太郎も軽口で聞いているのだろうから、適当に返事をしてやり過ごそうと思った。

『おい、まさか相手芸能人じゃないよな？　まぁ、お前も発散する場所が必要だと思うし、深くは聞かないが。愛しの初芽ちゃんはどうなったんだよ？　ウチはもうそういうの制限しないって言ってるだろ？　とっくに成人しているんだから』

太郎も、その妻のみずほも、高校生の時から初が初芽を好きなのは知っている。

けれど、モデルをやっている十代の頃は事務所から恋愛を制限されていた。大学に入り、成人してからは、マスコミの手前、付き合っても良いが匂わせなどは一切するな、と言われていた。付き合うならちゃんとしろ、と。

それもあり、なかなか初芽とはそういう関係になれなかったのもある。

大学を卒業して弁護士になってからも身辺がしばらく落ち着かなかった。

初は、自分はそれだけ大それた仕事をしていたし、やった分だけ有名になっているのだとその都度実感した。

「そういうの制限しない、って……最近の話ですよね？」

『来るのか来ないのか、どっちだ？　断りを入れるなら早い方がいい』

こんな風に断言する時は、結構マジな話をする時だ、と初は察した。

起き上がり、ため息をついて返事をする。

「わかりました。二時に事務所でいいですか？」

『ああ、迎えを寄こしてやるから、一時半には下に下りておいてくれ』

「わかりました。じゃあ……」

通話を切って、髪を掻き上げる。

ベッドサイドのゴミ箱には昨日の名残が残っていた。

昨夜、初は初めて、彼女の中でイった。

「……っ……は」

まるで、思春期みたいだ、と思いながら熱が身体の中心に集まるのがわかった。

セックスは初めてじゃない。

女性の身体は抱いたことがある。

でも、初恋の相手で、今も恋をしている初芽とは初めてのことで。

もう我慢をして、ただ恋焦がれていたあの頃には戻れない——と初は切なく息を吐きながら思うのだった。

☆

『ディースエリー』のエリーが東京に来たのは、初に専属モデルとして契約したいと直接言うためだった。たったそれだけのことで日本に来たのかと聞いたらそうだと言った彼女に、初は断りを入れた。

十代の頃から大学を卒業する手前までは専属モデルとして契約をしていたが、以降は初が普通に日本の社会人になったため、連絡は取り合うこともあったが、それだけだった。

モデル復帰するきっかけになったのは、エリーに懇願されてショーに出たことだった。

それについてはエリーには感謝している。が、やはり断った。

初は、全盛の時ほどは、モデルとしての力を発揮できないと思っているからだ。もちろん、使ってくれる限りはやって行くつもりであるし、これからもきっとオーディションを受けたりするだろう。けれど、全盛期のようにはきっとならない。

それから先はどうするか、と思う気持ちが拭えない。

けれどエリーはそれを含めて、専属の話をしてきたので、一度断ったのだが話し合いの中でとりあえず保留となった。

社長の牧瀬太郎も、妻のみずほも何も言わず。これからいつも通りで、と話すと二人は了承してくれた。そして、家に帰るとちょうどいいタイミングで三橋一世から電話がかかってきた。

『はっつん、ごめん……昨日、どうだったか聞きたくて』

「昨日どうだったかって……もしかしてみんなが示し合わせて、僕と初芽ちゃんを二人きりにしたこと？」

どう考えても、長男長女会の全員が来られなくなってしまったというのは怪しかった。

それぞれの誕生日で集まるというのは、社会人になってからのルールみたいなものだった。そうでもしないと、みんな予定が合わないから、と言ったのは一世本人だ。

『やー……そんなことしてないよ、って言いたいとこだけど……やっぱり、バレるよね？』

「僕にはね。初芽ちゃんにはバレなかったから。よかったね」

やっぱりそうか、と納得しながら初はため息をついた。

『はっつん、機会をうかがっていたし……。初芽ちゃんはともかく、はっつんは忙しいから、貴重なチャンスだと思って……余計なお世話だった？』

やや言い訳めいてそう言ったが、彼の気持ちはわかる。ずっと初芽のことが好きだったのに何もしない初に、きちんと気持ちを伝えて欲しかったのだと思う。

特に、初芽が初めて付き合った彼と別れたからというのもあるだろう。

「いや、いいよ。一世が気を回してくれたのはわかるから。ありがとう」

一世は電話の向こうでため息をついて、その隣に一乃がいるのか、声が聞こえる。

『聞こえたかもしれないけど、ウチの奥さんがそれでどうしたのか、って。二人で誕生日会したのか？』

「まぁ、一応。初芽ちゃんは帰ろうとしてたけど、せっかくだしピザ取って、初芽ちゃんが作ってくれたケーキ食べたよ」

『え……それだけ？』

一世が間の抜けた声を出したのに、初は笑って答えた。

「まぁ、それだけだね。今度、映画にでも行こう、って誘ってみた」

昨夜何があったかなんて、言いたくないし、初芽も言わないだろう。

同意は得たとしても、彼女は朝いなくなっていた。

それはきっと、今までの関係と違うことをしたからで、互いに気持ちはあっても整理はつかないからだろう。

初としても、初芽との関係を壊す気はなかった。

「相変わらず、初芽ちゃんのケーキ美味しかったよ」

『そっかぁ……。なあ、はっつんも、もうそろそろちゃんと付き合ってもいいんじゃない？　初芽ちゃんの元彼、聞く限りは全然いい男じゃなかったからさ……』

一世が面倒そうにそう言う。

初の初芽への気持ちに一番最初に気付いたのは一世だった。だから、片思いが長いのに、もういい加減にしろとあきれているのだ。

「言いたいことはわかってるよ。基本、僕は奥手になってるしね。初芽ちゃんには、ちゃんと自分で気持ちを伝えるから。いつもやきもきさせて、悪い、一世」

いろいろ考えて、自分の社会的立場も見据えながら、彼女にはいつも二の足を踏んでいた。

でも、勢いとはいえ、好きな彼女と思いを遂げたのだ。性急だったことは謝りたいし、今後のことは、きちんと話し合いたい。

『まぁ、はっつんらしいけど……でも、高校生の頃とは違うんだし、俺らはもう、大人だからな』

「うん、ありがとう、わかってる。初芽ちゃんとの映画がどうだったか、また教えるよ」

初が笑ってそう言うと、わかった、と言った一世は電話を切った。

そして、初は大きくため息をついた。

「初芽ちゃん、電話して出るかな……」

出ない可能性が高い気がしていた。

そう思いつつも彼女に電話を掛けると、案の定、すぐに通話中になって切れた。

時間をおいてもそうだったので、初は再度ため息をつくしかない。

「着信拒否かな……地味に傷つくけどね、初芽ちゃん」

直接会って話をするしかない。初は四日後仕事を終え、家を訪ねてみた。彼女の家は、長男長女会のメンバーと行ったことがあり、大学時代から住む場所を変えていないのは知っていた。

けれど、そもそも気配がなく、電気も止まっていた。

「…………マジで？」

初芽は、ずっと住んでいた場所から引っ越しをしているようだった。

後日不動産に問い合わせをしたら、そちらは空室になっていますと言われた。友達だと言って聞いて問い合わせたのに対し、不動産側は不信感を出してきたので、すぐに電話を切った。

初は、話をしようにも、できない状況に陥ってしまい。

「話をしたいんだよ……なんで」

同意の上の行為だと思ったが、嫌だったのかと落ち込み。

それでもどうにか彼女と会いたい、と思う初だった。

4

『初芽ちゃん、最近忙しいの？　ご飯食べに行こう？　初美も誘うから』

初芽はメッセージを見て、とりあえず、最近忙しくてちょっと無理だという内容を一乃に返信した。

一乃は高校生の時からの友達で、初美は大学に入ってから長男長女会のメンバーになった美人だ。彼女は大学のミスコンで一位になったほどだ。

「はぁ……」

初芽は引っ越しを終えて、一息ついた。前よりちょっとだけ広い部屋になり、仕事をしやすい大きなデスクも購入し、いろいろとセッティングしている最中だ。

引っ越し作業中、スマホを落として壊してしまい。番号を変えるとお得だったため、躊躇いながらも番号を変えた。そして、メッセージアプリにきちんとログインをしたところで、一乃からのメッセージが届いたというわけだ。

ちなみに、初の電話番号はちょっと気持ちの整理を付けたかったため、着信拒否をした。

けれど、電話番号自体を変えてしまったため、その必要はなくなった。

とりあえず、長男長女会のメンバー全員とはメッセージアプリで繋がっているのだから、特に問題ないだろう。

もしも、一乃たちに会った時に聞かれたら、電話番号を教えればいい話だ。

「真井君……」

目下の悩みは、ずっと片思いしていた初と身体の関係を持った事実があるということだ。

初めて痛くない行為をし、しかもその相手が初だったのは、幸運なのか何なのか。

「好きだ、ってホントに？」

じゃあなんで今まで言ってくれなかったの、と思うが、それは自分も同じだ。

思いを伝えなかったのは初芽だってそうなのだから、彼が気持ちを伝えなかったところで、個人の自由。それに、初芽はずっと長男長女会のメンバーに言っていた。

「私が、恋愛はちょっとダメ、ってずっと言ってたし。だからだよね……彼氏できたって言ったとき、一乃びっくりしてて……恋愛できないタイプかと思ってたって言われて……実際そうだけども……」

元彼はファッション誌の編集者だった。

とある資料の翻訳をやったことから、少しずつ親しくなり。初芽のことを可愛いと褒めてくれて、付き合いたいと言ってきた。

初芽は何もかも初めてで、しかも付き合いたいなんて言われたことは今までなかった。自分の経験のなさを埋めたいと思ったし、何より好きだと言ってくれる彼と付き合えば、何かが変わると思った。相手を好きになれるかもという気もしたのだ。だから受け入れ、セックスをし、そして別れて、仕事は独立した。

もう会うこともないだろう。だが、きっとずっと覚えている。

「無理に付き合って、バカみたい……真井君、どう思ったかな」

ため息しかついていない初芽は、まだ覚えている初の指の感触や、受け入れた大きさなどを思い出すたびに、顔を赤くしてしまう。

初は有名人だ。ファッション誌の編集部にいる元彼が、雑誌に載っている初を見せてくれたことがあった。

働いている出版社が発行している雑誌に、初が掲載されているのは驚きだった。

『世の中、こんなにスタイルが良くて顔も綺麗な男がいるんだな、って……撮影に立ちあって目が離せなかったなー。カメラマンの要望にも応えるし、ポーズもきちんととれるしさ。さすがプロ』

以前の初は、ファッション誌に掲載されることはあまりなかったが、最近は数社の雑誌で見かけるようになった。

だから初が載っている雑誌は思わず購入してしまう。

「そんな、真井君が……私を……どうしよう……」

少年らしさを残した初も知っているし、彼が十代から二十代の大人になるその過程も見てきた。男らしくなりながらもその美しさを保持したままの彼は、初芽の心をときめかせ続けている。

セックスは合意の上だった。初芽は、後悔していないし、抱き合ったあの熱を否定はしたくない。

でも、次にどんな顔をして会えばいいかわからない。

そして、初と二度目なんてあるのだろうかと考えると、頭が沸騰して湯が沸きそうな、そんな感じだ。

「話さないといけないのはわかってるけど……」

自分からは連絡が取れない、どんな風に話したらいいかわからない。

二十八にもなって、こんなことで……と思いながら初芽はキュッと目を閉じて、ベッドへとダイブした。

「もう少し、もう少ししたら……ちゃんと連絡する……！」

初とセックスをして四日目。

すぐには、顔を合わせ辛いと思ってしまう初芽だった。

☆

仕事をしながらいつの間にか転寝（うたたね）をしていたらしい。首が痛いと思いながら起きて、初芽は数日ぶりにマンションから出て、周辺を歩いた。

新しく住み始めたマンションは少し歩けば書店もあり、スーパーやコンビニなども充実している場所だった。

あまり不便がないように、そして以前の部屋より広い場所に、と思って探したマンションは、我ながらいいところを見つけたと思っている。

引っ越しにもお金が掛かったので、今は仕事をとにかくこなさなければ、と思いながらも、思い出すのは長男長女会のメンバーと、何よりも初のことだ。

もうすでにあれから二ヶ月以上たってしまい、あっという間に時間は過ぎていた。

片付けはまだすべて終わっていなくて、荷解きをしながらの仕事だからか、何だか最近は特に疲れた気がしている。

長男長女会のメンバーたちへも、引っ越しと、独立に伴う仕事が忙しいから、ということでほぼ連絡はしていない。

初芽は痛む首を回しながら、息抜きのために一つの本屋へ入った。ここは普通の本屋だが、割とコンパクトなつくりだ。

けれど、ある程度のものがそろっており、初芽は棚に置いてある辞書を見てから、漫画、小説、と眺めていく。それから、雑誌の置いてあるスペースへ行くと、目を見開いてしまった。

「えっ……何事⁉」

もちろん、小さな声で言ったが、驚きは隠せない。口元に手を当て、一つの雑誌を手に取り、表紙をマジマジと見てしまった。

初芽が働いていた出版社では、多様な雑誌を出している。ファッション誌はその一つに過ぎない。

中でも、女性もしくは男性の身体の美しさを特集した雑誌は年に四回出しており、その雑誌は表紙からモデルとなる人がもうすでにセミヌードかそれに近い恰好になっている。

「真井君……なんで？　こんな仕事って……するんだ……」

表紙の初はグレーの床に寝て、ポーズをとっている。

ゆったりした白のデザイン性のあるパンツは際どいところまでウエストが下げられており、上に着ている白の透け感のあるブラウスは、ボタンが全部外してある。

両手は上にあげて軽く交差して、どこか熱っぽい視線を雑誌を見る人に送っているみたいだ。

この特集はモデルとなる人がみんな半裸なので、きっとページを捲ったら半裸の初が掲載されているだろう。

中が見たいと思うが、残念ながらビニールで横をパッキングされているため、見られない。

「どうしよう、買うべきか……」

初芽は瞬きをして、彼の肌に見入った。

あの夜は少しだけお酒は入っていたが、しっかりと見た初の身体は、初芽の目にはこの写真より艶めかしく映った。しっかりとした男の骨格をして、背中は筋肉もあり、しなやかで腰骨のラインが思った通りの触り心地だった。

写真で見る通りの腹筋ではあるが、あの時はもっと、汗でしっとりとして色が違ったように思える。

なんだかんだでしっかりとあの時、初の身体を堪能していたと気付いて、初芽は、急に恥ずかしさが込み上げてくる。

本来とてつもなく恥ずかしい行為ではあるが、ずっと好きだった初としてしまったことを考えると、なんてことをやってしまったんだとか、いろんな感情が入り混じる。

本を少し強く握りしめながら、ここまで握りしめたのなら買わないと、と顔を上げる。

その時肩をポンポン、と二度軽く叩かれたのでそちらを振り向くと頬に相手の指先が当たる。

見上げたら——初がいた。

「わりとエロい内容の雑誌だけど、買うの？　初芽ちゃん」

彼は初芽の頬に人差し指を軽く突き立てたまま、にこりと笑った。

目を見開いて、それから何度か瞬きをした。

なんでこんなところに初が——と思いながら少しだけ離れる。

「買ってあげようか？」

「……あ、いや、自分で……って、なんで、真井君……」

眼鏡とキャップを被っているし、ここは書店なので誰とも視線は合わないにしても、初は背が高いので目立っていると思う。

yanyan
yanyan

「連絡取れないから……少しだけ、初芽ちゃんが勤めていた出版社のコネを使わせてもらった。新しいマンション、すぐ近くでしょ？　行ってもいいかな？」

まだ誰にも教えていない引っ越し先だ。出版社のコネという言葉を聞き、最近、元職場に契約書をレターパックで送ったのを思い出した。

「君の元彼が、新しい住所教えてくれたんだ。この特集雑誌の撮影と引き換えみたいなものだったな。事務所はそこまで乗り気じゃなかったけど、事情を話したら、許してくれて」

彼はゆっくり瞬きをした。

事情を、というのはきっと初芽のことだろう。初芽とのセックスの話をしたのだろうか。

「初芽ちゃん、買い物する？」

買い物は昨日済ませてあるので、初芽は首を振った。

「ううん、息抜きで、出ただけで……」

「話せる？」

端的に言った彼に、初芽はコクンと頷いた。

すると、初は初芽が手にしていた雑誌を取り、さっさと会計を済ませてしまった。深くキャップを被っているのもあり、店のスタッフは真井初だということがわからなかった様子だ。

初は初芽の手を取り、迷いなく初芽のマンションへと向かった。書店から徒歩五分ほどの距離なので、すぐに行きつき、初芽はセキュリティーを解除しマンションの中に入る。

エレベーターで目的の階を押す間も、初は初芽の手を離さなかった。

「真井君？」

「ん？」

「私、ちゃんと連絡しようと思ってたんだけど……」

「そう」

エレベーターの中でそれだけ言葉を交わすと、目的の階に着く。

ドアの鍵を開けるために初を見上げた。

「手、離していい？」

初芽がそう言うと、彼は手をスッと離した。ドアの鍵を開け、中に入ると、まだ段ボールがいくつも置いてあるのが見えて、初芽はため息をついた。

「まだ片付けが終わってなくて……」

「引っ越ししたばかりだったら、普通だと思う」

初はにこりと笑った。

初芽も小さく笑みを返し、靴を脱いで上がると、初にスリッパを出した。彼は何も言わず靴を脱いでスリッパを履く。

「前のマンションより広そうだね。リビングと、向こうに部屋がある？」

「……手狭だったし、独立してフリーで翻訳と時々監修もするようになったし。最近は医療系の文章も少し扱うようになって……本が多すぎて」

初芽は大きめの座布団を用意し、初を見た。

「ごめんね、真井君の家みたいにスタイリッシュな感じじゃなくて。ダイニングテーブルより、こっちの方が落ち着いていられるし」

小さなテーブルと座布団が初芽のスタイルなのは、きっと彼も知っている。だけど、初の家とは違ってかなり狭く、あまり統一性のない家具類で何となく気後れする。

「ありがとう」

彼はそう言って座布団に座った。それから手にしていた、自身が掲載されている雑誌を置く。

初芽はキッチンへ行き、飲み物を準備する。基本的にコーヒーを飲まないので、紅茶を作って砂糖を添えてテーブルに置いた。

「ごめんね、コーヒーなくて……」

「コーヒー飲めないもんね」

にこりと笑った初は、マグカップの紅茶を一口飲んだ。砂糖を入れなかったのを見て、今はモデルなのを忘れていたことを反省した。

弁護士をやっていた時は、普通に甘いものを飲んでいたし、むしろそういうことを考えないで済むと笑顔で話していたのを思い出す。

「砂糖いらなかったよね……ごめんなさい」

初芽も砂糖を入れず、紅茶を飲む。何も入れないのも良いが、さすがにアイスティーよりもなんだか紅茶の苦みを感じる。

「初芽ちゃん」

初芽がひとくち飲み終えるのを待って、初が居住まいを正した。

「まず、すみませんでした。個人情報、勝手に聞いて、申し訳なかった。もう二度としないって約束する。弁護士資格を持っているのに、こんなこと……倫理に反することでした」

そう言って彼は頭を下げた。初芽はそんな初に対し、小さく首を振る。

「こっちこそごめんなさい。着信拒否もしたし……電話、引っ越しの時に壊れて……アプリはちゃんと登録し直したけど、電話番号は変えたらちょっとお得になったから変えて、まだ誰にも教えてなくて」

言い訳をしているみたいだ。こんなことよりきちんと言わないといけないことがあるのに、と思いながら少しだけ顔を伏せ、目を泳がせてしまう。

「セックス、同意だと思ってたけど、もしかして違ってた?」

初芽が顔を上げると、初がまっすぐにこちらを見ていた。

大きく息を吐いて、次に何を言うべきか、と迷っていると初がさらに言う。

「あの時……思えば言葉で同意を求めてないのに、君は嫌がらなかった。だからOKだと思っていたけど、もし同意の上での行為でなかったのなら、きちんとした手順を取りたい」

「……え?」

「僕は今、モデルとして活動しているし、こうやって雑誌に載るような有名人でもある。僕は君がずっと好きだったから、付き合うという段階も踏まずに抱いてしまった。初芽ちゃんの気持ちが伴わないことであったのなら、その精神的苦痛と強制的な行為において、君が求める額の慰謝料を支払います」

目を瞬かせて初の言葉を受け止める。

モデルをしている初が一気に弁護士に戻ったような言葉を羅列した。

「あ……それは……」

言葉が出ずに、どう答えたらいいか、と思った。

同意って、と思いながら再び伏せていた顔を上げる。初はやっぱり、初芽を真っすぐに見ていた。

「僕は、高校生の時から……いや、きっと……君と目が合った入学式のあの日からずっと、僕は八坂初芽が好きでした。もう君への片思いは十三年たってしまったけれど、色褪せず、ずっと思いはあの時のまま……」

は、と息を吐いた初の表情はどこか憂いを帯びているように見えた。

けれど、その表情が美しく、初芽は息を呑んだ。

初芽が好きだと、十三年間片思いだと言った初の言葉は、勝手に初芽の心臓を高鳴らせる。

「学生の頃はモデルとしてステージに立つこともあり、恋愛は規制されていたし、君は恋愛に興味ないと言っていた。一般人になり数年たっても、君は殊更恋愛に関しては頑なな気持ちを持ったまま……」

彼は目を伏せ、一度大きく息を吐き出す。

初芽も、初のことが好きだ。

だけど、彼との恋愛はありえないと思っていたし、そういうことは苦手だった。知れば知るほど、怖くて尻込みする自分がいるし、そもそもなんでそんな恥ずかしいことを、と思っていた。

でも、いつまでもそんなことでは、世間に置いていかれそうな気がして。初芽は思い切って、同じ出版社に勤める元彼と付き合ったのだ。

求められるのを受け入れた結果、やはりいいことなんかなかった。

初の言葉を聞き、それを思い出した初芽は自分の左腕をキュッと握る。

「それでも、いつかはと思って……モデルに戻ったのも、君が素敵だと言ってくれたからだ。弁護士の僕には、向けたことのない表情で……モデルの真井初を見てくれた。だから、戻った。君に見ていて欲しかったから。それから一年……僕は、君との関係を壊してしまったよね？」

そんなことない、と言いたいが、言葉が出てこない。

あんなに苦痛で恥ずかしくて、触られるのが怖かったというのに、初との行為はそうではなかった。

初に触れられている最中の胸の高鳴り、疼き、下腹部から込み上げるあの感覚は快感だった。気持ちいいと勝手に口走り、彼の背に手を回した時のあの感触は、忘れていない。

「わ……私も、話をしなきゃ、って思ってて……」

ようやく出た本心の言葉が、初芽の背を押した。

「あの日、黙って、帰って……ごめんなさい、真井君」

初芽も、きちんと初を見た。彼の目は先ほどまで暗い陰があったが、少しだけ光が入ったような、そんな目の色をしていた。

ただ、初芽が言葉を発しただけなのに。

この人は本当に私のことが好きなんだろうか、と初芽は今までの人生で一番の期待をした。

「慰謝料は、要りません……私は、きちんと……その……」

あまりにドキドキしているのと、こんなことはきっと一生に二度とない、という場面が初芽を緊張させる。

「真井君に、きちんと、同意で抱かれ、ました」

言葉が詰まる。

もっとスムーズに言えばいいのに、いったいなんで、と思うくらいだ。胸もこれ以上ないくらいに高鳴り、少し苦しい。

これが恋ってことかもしれない、と初芽は自覚した。

けれど、毎回こんなんじゃ、身体が持たないのではないかと、大きく息を吐く。

「私も真井君のことは、ずっと、好きでした。でも、真井君が言う通り、私は……キスもその先も、知るほど怖くて。真井君も同じようにしたいのかと、思うと、ふ、踏み出せず」

それに、出会った時からトップモデルだった初と、友達でいることでさえすごいことだった。付き合うなんて、恋人になるなんてとてもできないと思っていた。

「私の、元彼になにか、聞いた……?」

もともと、元彼もずっと上の方にいるような人。例えばカースト制があるなら、トップにいてずっと周りに友達がいて、笑って幸せに過ごすタイプだ。

だから、初めてセックスをしたのも、ただの勢いで。彼がくれた雑誌を見ていたら、急にキスをされ、そのままシャワーも浴びず。避妊はしてくれたけれど。

初芽は怖かったし、嫌だと言えなかったのだ。

「いや、何も……ただ、あいつが初芽ちゃんの元彼だって自分で言ったのと、仕事を引き受けたらあっさりと君の個人情報をくれたくらい。彼が、僕に何か言うわけない。同級生で友達だと言ったし、仕事相手だしね」

「……なら、よかった」

少し指先が震えていたらしく、テーブルの上に置いていた初芽の手に、初の大きな手が重ねられた。

「僕も男だから、他の男と同じようにしたいのかと言われたら、当然したいと言う。初芽ちゃんが恋愛に興味なかったのは、そこも関係してることは、きちんとわかってた」

初はそう言って微笑み、初芽の手を包み込むように握った。

「ただ、僕も事情があって……高校の頃、君と電車で帰った時……写真撮られてて。恋愛はダメだと言われてたから、社長に怒られて。もちろん、その時はなんでだよ、と思ったけど。それだけ僕は有名で、君に迷惑がかかると思ったのもある」

ため息をつき、それからまた口を開く。

「初芽ちゃん、もしかして君は……あの男と付き合って、傷ついた？」

初芽は零れそうな涙をこらえようと目に力を入れたが、結局ポロリと零れ落ちてしまい。初が握っていた手を離したので、初芽は両手で顔を覆った。思い出したくないのに、鮮明に蘇ってしまう。

『可愛いな、痛がって……でも、そのうち、良くなるから、善がって欲しくなるからね』

大きく息を吸って、自分の身体を抱きしめる。

なんで思い出すのだろう。初芽は忘れるべきなのに覚えている自分が憎らしかった。

「ごめん、僕も、傷つけたね……」

初芽はすぐに首を振った。

そんなことない。むしろ、優しく高めてくれたと思う。

「真井君との、セックスは、良かった」

涙を拭いて、何度も大きく息を吐いた。

「変なことを言うかも、しれないけど……もう二十八で、処女を捨ててないと、社会に置いていかれてる気がして。勝手に一人で、怖くなって……そういう話は、誰ともできないし……でも、真井君の言う通り、バカだった」

初芽は自分の髪に触れ、もう一度目元の涙を指先で拭く。

「初めては、真井君が良かった。だって、ずっと、私も真井君が好きだったから」

ものすごく勇気がいったけれど、きちんと自分の言葉で、初に気持ちを伝える。

初芽は、努力はできるが冒険はできない。だから、今の仕事は割と冒険していると思う。

高校に入学した時、自分が語学の仕事に就くなんてことは考えなかった。

けれど、周りの友達が皆すごかったし、何より、初が英語を話せて、その他の言葉も話せると聞いた時。初と英語で話せたら、と思ったのもきっかけの一つだ。

初芽の言葉に、初が笑った。

嬉しそうな顔も、目が離せないほど素敵で、その笑顔につられて初芽も笑みを浮かべる。

「この前まで友達だったのに、勢いで抱いて、ごめん、初芽ちゃん」

初芽はまた首を横に振った。

「私も、顔が合わせ辛くて、いろいろ、逃げて、ごめんなさい」

頭を下げると、彼は顎にそっと触れ、顔を上げさせる。

「付き合ってくれますか？　八坂初芽さん」

普通に考えたら、自分は初からこんなことを言われるような人間ではないかもしれない。

でも、言った言葉は初芽に向けられたもので、ずっと憧れて好きでたまらなかった彼が、初芽のことを好きだと言って熱い目で見つめてくれている。

「……はい、よろしくお願いします」

初芽がそう答えると、初は一度目を閉じ、とても嬉しそうに笑った。

その顔はきっと一生忘れないだろうと思えるくらい、美しい笑顔だった。

5

初芽と初めてキスをした時、彼女は顔を赤くしてスカートを握りしめ、何かに耐えるような顔をしていた。

だからもしかしたら、彼女は快感を知らないのかと思った。

キス一つで感じ入った顔をするのに、何も知らない初芽の無垢さに、初は喉が鳴るのを我慢した。

恋愛の手順を踏まず、抱いた初芽は抑えがたいほど、可愛かった。

恋人として付き合うことになった今は、頻繁に思い出してしまう。柔らかくて、いい匂いがした初芽の身体を。

もう一度愛したい気持ちはあるけれど、男女のそういう関係において心に傷のある初芽だから、慎重に行きたいと思っていた。

初芽と話し合って一週間たった頃、一世と一真が初の家に遊びに来た。

もうすぐ結婚する一真の前祝いだと言って二人で来たのを思うと、一乃と初美はどんな顔をして見送ったのかと想像し、思わず笑ってしまった。

「はっつん、映画、初芽ちゃんと見に行ったのか?」

「ん?」

「だから! 映画だよ。見に行く約束したって言わなかった?」

「……ああ、うん、まだ行ってない。初芽ちゃん、忙しいみたいで。でも、時々、メッセージのやり取りはしてる」

初芽と付き合うことになったという事実は、まだ誰にも言っていない。示し合わせたわけではないが、初芽もそうみたいだった。

電話番号が変わったこと、引っ越しをしたことなどをグループチャットで彼女は報告をしたが、それ以上のことは何もない。

きっと、一乃や初美にも言っていないのだと思う。もし、初との付き合いについて言っているのであれば、一乃から一世に伝わって、開口一番に聞いてくるはずだ。

「初芽ちゃん、思い切ったよね、独立なんて……俺は公務員だから、そんなすごいこと思いもつかない」

ため息をつきながら一真がそう言った。

　しかし、一真こそ国家公務員総合職試験に合格をしている、官僚候補だ。どちらにしろ、初にとってはすごいことだと思っている。

「きっと初芽ちゃんは、一真の方がすごいと思ってるはずだよ。いつも、自分以外のメンバーをべた褒めだしね」

　初がそう言うと、そうなんだよな、と一世が言った。

「初芽ちゃんって、いつもなんだかフワッとあったかい子だし、嫌味も何も言わない。一乃も初美もそこが一番好きみたいで。俺と初芽ちゃんどっちが好きか聞いたら、初芽ちゃんって言うもんな」

　一世の言葉に一真が、そうそう、と言って笑い合う。

　一真と初美は、大学から長男長女会のメンバーになった。二人はそれぞれ高校が違うが、一真は一世が連れてきて、初美は一乃が連れてきた。

　二人が長男長女だと知り、メンバーは六人となった。大学の頃はまるでサークル活動のように、飲み会をしたり、ガイドを付けて山を登ったり、キャンプをしたりした。

　卒業の時、六人でフランス旅行へ行ったのはいい思い出だ。

　初は何度も行ったことがある国だから、まるでツアーガイドのように扱われたのが懐かしい。

「はっつんも、初芽ちゃんと早くイイ感じになって欲しいなぁ」

今日はちょっと飲むペースの早い一世がそう言って笑う。

「はいはい」

初が適当に返事をすると、一世は一真を見る。

「一真もそう思うだろ？」

「そうだねぇ。初の片思いも長いし、初芽ちゃんも、初のこと好きだろうしね……したのは映画の約束だけ？」

いつも落ち着きのある一真は、穏やかな口調で聞いてくる。

大人っぽい雰囲気で背が高く、顔立ちも優しさが感じられる一真を好きになったのは、初美の方だった。初美はすぐに気持ちを伝え、長男長女会のメンバーになってすぐに付き合うようになった。

一真が初芽と二人きりになることはなかったが、初と一緒にいる時は若干の遠慮はしていた。

「そうだね、映画だけ。初芽ちゃんの仕事が落ち着いたら、連絡くれるみたいだ」

一真は頷き、笑った。

「そっか、いいね。楽しみでしょ、初」

「そうだね。二人で行けるのが、嬉しいかな」

初も笑って答えた。

これからは、二人で遠慮なく会っていいのだと思うと、すごく心が幸せで満たされてくる。

初は今までずっと好きな初芽相手に、考えることばかりだった。

でも今は、自由でなかった学生時代でも、彼女との距離を測りかねていた社会人の時でもない。

またモデルに戻ったことで、少しの不自由はあるかもしれないが、それでも女性との付き合いを規制される年齢ではなくなった。

二人は初の家に泊まることになっていたから、映画を見よう、と言ったがきっと一世は眠るだろうと思った。いつもそうなのは一真も知っていて、苦笑している。

あと少しで一真の結婚式だ。

初芽が結婚式を挙げる時はどんなドレスを着るのだろう、と思いながらも三人で他愛ない話をし、飲みながら映画を見るのだった。

☆

映画ではないが、付き合うことになってから食事の約束をした。

初芽のマンションから近い場所で、彼女が選んだ店だった。二人で食事をするのは二回目だから、初は少し緊張していたが、待ち合わせの場所にいた彼女を見ると、それよりもホッとした気持ちがあった。

そして、自分はもう、この子と恋愛をしているのだという現実が、初の心を高鳴らせた。

「初芽ちゃん、お待たせ」

初芽は初を見ると微笑んだ。

この前とは違って、屈託のない笑みを向けられ、彼女が初に心を向けてくれていることがよくわかった。

それが、嬉しい。

「一応、半個室みたいな感じのところ選んだけど……よかったかな?」

「大丈夫。意外と、気付いても声をかけられないことが多いから。行こうか」

初が彼女の手を取ると、すんなりと握り返してきた。

ほんのり頬を染めているような初芽の表情を見て、今この時に付き合うようになって良かったのではないかと思う。

もしも高校生の時だったら、いろいろと我慢がきかないことが多かったかもしれないと思えるからだ。

ただ、手を繋ぐだけなのに、彼女のぬくもりが嬉しいと思う自分は、相当初芽に参っているのだと自覚する。

「真井君の事務所は、今は大丈夫なんだ？　その……恋愛、っていうか」

初芽が見上げて、遠慮がちに聞いてきた。

だから初は笑みを浮かべて頷く。

「前はダメだったけどね。未成年の時は守ってもらってたし、従ってたけど……今はもう社会人も経験して、弁護士資格もあるし、いい大人だから」

「……あ、えっと、よく……表示されるやつ？」

「表示？」

初が首を傾げると、初芽は笑った。

「ネットによく、プライベートは本人に任せてます、っていうような……」

「ああ、そうだね」

そうなんだ、と言った彼女は小さく息を吐いた。

「私、あれからずっと考えてて。本当に、付き合って、彼女になっていいのか、って……

それこそ、プライベートは本人に任せます、って表示が出そうな人と……」

繋いでいる手に少し力を込めた。

初芽はもともとよく考えるタイプだ。初がモデルで、有名人であることに引け目を感じてしまうのは、想定内のことだ。

けれど、考えるがきちんと良い方向を見つけるのが初芽の良いところ。

「初芽ちゃんはダメだと思う?」

初がクスッと笑ってそう言うと、初芽は顔を赤くして首を振った。

「私にとっては、確かに真井君はモデルで有名な人で、高校の頃からの同級生で、すごく特別じゃないけど……ダメだとは思ってなくて」

ただ、と彼女は言葉を続けた。

「真井君を好きで、同じ気持ちでいてくれたことが、ありがたいとは、思ってる。私でいいの? って気持ちにはちょっと、なるけど」

初を見上げる黒い目が可愛いと思う。

その様子にただ、小さく頷いて笑みを向けた。

「僕は初芽ちゃんが一番好きだから、いいんだ」

彼女は嬉しそうに頬を染めて笑みを浮かべた。

「……ご飯入るかな……私、今、結構胸がいっぱいかも」

繋いでいない方の手を胸に当てそう言った彼女に、初も同意したいくらいだった。

今すぐキスをしたいという衝動にも駆られてしまう。

これは付き合って初めてのデートで、本来ならばここできちんと美味しいご飯を食べて、次の約束をするところだ。

それこそ、一世が何度も聞いてきた通り、次は映画を見に行ってもいいだろう。

だが、一度手に入れた初芽をもう一度、という気持ちが強くなってくる。

「でも、今日の店は、初芽ちゃんが行ってみたい店だったよね？」

笑顔で頷く初芽を見て、初は瞬きをして気持ちを押しやった。

気持ちの赴くまま初芽を抱いたことに後悔はない。でも、いろいろと手順を飛ばしていることを思うと、大事な初芽にきちんと恋人としての過程を取りたいと思う。

「実は僕も楽しみにしてたから、行こう」

気を取り直すようにそう言って、目的の店へと向かう。

初芽が行きたいと言った店は、イタリアン系の居酒屋だった。店の出入り口に黒板に書かれたメニュー表があり、そんなに大きな店でないながらも、オシャレだった。

まだ少し早い時間だからか、店の中は客が少なかった。初芽が予約してくれていたから、すぐに半個室の席に通された。

「ここ、美味しそうだね」

「うん、美味しいって、元同僚の人が言ってた。実はその人から薦められて、この周辺に引っ越したんだよ」

ドリンクメニューを開いた彼女は、相変わらずカシスオレンジを頼んだ。

初はビールを頼み、ほどなくして飲み物と小皿のおつまみが運ばれてきた。乾杯をするかと思ったが、初芽は少し後ろの席の方を気にしているようだった。

「どうかした？　初芽ちゃん」

「あ……うん……」

表情が暗くなったので、初は怪訝に思い、彼女の隣に移動した。

「後ろ、気になる？」

「たぶん、後ろの席、ファッション誌の……真井君、知ってるでしょ？　園田(そのだ)さん」

初芽が苦笑してそう言ったので、初は思わず、眉根を寄せた。

園田というのは、初芽の元彼だ。初が仕事を引き受けたら、あっさりと何の抵抗もなく、初芽の住所を教えてくれた相手だ。

その時は、立場が悪くならないか、と聞いたが内緒だから、とそれだけだった。

住所を躊躇いもなく教えた彼に、良い印象はなかった。初もある意味職権濫用をしてしまった後ろめたさはあったが、初芽に園田という男は似合わないとさえ思った。ルックスはいいとは思うし、初より年上だったが、物事を軽く考えるような感じに見て取れた。

偶然だったとしても嫌な席に当たってしまったなと思っていたら、グラスが合わさる音がした。

「真井初のセミヌード掲載を祝って！」

ハッキリ聞こえた声に初芽がビクッと肩を揺らし、不安げに初を見上げてくる。初は黙ったまま、少し怯えた表情の彼女に笑みを向けた。席を変えた方がいいかもしれない。

「よく引き受けてくれたよな」

「それが、俺の元カノと、高校が一緒で、友達らしくてさ。そんなこと一言も聞いたことなくて……言ってくれたらもっとコネ使えたんじゃないか、って思ったよな」

初芽が園田に初のことを何も言わなかったのは、園田の初めて会った時の反応で知っている。

彼女が初のことを、ファッション誌を担当している相手に勝手に話すような人ではないのはよくわかっていた。

「元カノがさぁ、独立したあと引っ越したらしくて。友達みんなが連絡取れないって言うから、編集宛に来た郵便物の住所を真井初に教えたんだけど。その代わり、仕事引き受けてくれたっていうわけ」

「へぇ……職権濫用じゃん？」

「まぁ、そうだけど、真井初って元弁護士らしいから、そこは突っ込み入れたらこっちもヤバいかもだし、何も言わないでおいた。でも正直、真井初の友達っていう感じじゃないんだよなーあいつ」

隣にいる初芽が、スカートをキュッと握りしめたのが見えた。

「あの……やっぱり、私の家に、行かない？」

初芽から小声でそう言われ、初はすぐに頷いた。自分たちの噂話が聞こえる場所で飲む気にはなれない。何より初芽が落ち着かない様子だったから。

「そうだね」

元彼には、いい思い出がないのはわかっている。

初は元の席に戻り、ショルダーバッグを手に取った。

「元カノ、可愛い顔してるんだけど、根が真面目ですげー地味でさー。しかも、二十八で処女だったから、抱くとき突貫工事って感じで。しかもさ、抱いてやってるのに結構嫌がってさぁ」

そう言って笑ったのが聞こえて、怒りを覚える。初芽は下唇を噛み、目が潤んでいた。

こんな奴と付き合っていたのか、と初は奥歯を噛みしめ、席を立ち初芽の手を取って店の出入り口へ向かう。注文をキャンセルし、会計を済ませて店を出ると、彼女は初を見た。

「ごめんね、真井君」

「なんで謝るの？」

初がすぐにそう返すと、初芽の左目から、ポロリと雫が落ちた。

その頬を指先で拭ってやり、手を取り初芽の家の方へ向かう。抱き上げて走って帰りたいくらいだが、彼女の手が震えていたので、できるだけゆっくり歩いた。

「さっきの聞いた限りでは、弁護士としては……罪に問いたいところだけど」

初がそう言うと、初芽は無理に笑ったような顔をした。

「あれは、私も悪かったんだよ」

そう言って立ち止まった彼女は、初をしっかりと見つめてきた。

「あとから、良い人じゃないよ、って聞いて……私は、知らなかった。それに、この前も話したけど、自分が社会に置いていかれている気がして、焦ってて。怖かったけどほとんど抵抗はしなかった。涙が出るのは、さっきのが、少し悔しかったから、で」

今度はきちんと笑みを浮かべた彼女に、初は何も言わずただ少しだけ繋ぐ手に力を込めた。

「二十八にもなって、人を見抜けない世間知らずだったのが、ちょっとバカらしいし……なんであの人と付き合ったんだろ、って思って……」

そう言って唇を震わせた初芽は、今度は両目から雫を落とし、自分の手で拭った。

「私は独立したし、もう、出版社とは、ほぼ関係なくなった。だから、もういいの。自分も、反省しなきゃ……」

大きく息を吐いた初芽は、行こう、と言って歩き出した。

彼女が処女を捨てたのは、ついこの間の出来事だ。もっと早く、初が初芽に告白していたら、彼女は泣くことはなかったし、園田とも付き合わなかっただろう。

彼女の初めての相手は、自分が良かったなんて思うが、今となっては取り返しがつかないことだ。

それに、彼女の気持ちが初にはわからなくもなかった。

「もうすぐ、君の家だよね？　行こう」

初は、初芽の手を引いて歩いた。

彼女の家は一度行ったので覚えている。初芽も手を引かれるまま歩いてくれた。

エントランスを通り、エレベーターに乗って、それから初芽が玄関のドアを開けた。彼女が入ったあと、初も中に入ると、スリッパを出される。

「お茶入れるね……私も真井君の真似してデリバリーでも頼もうかな。作り置きあるけど、冷凍ものだし」

そう言ってキッチンに向かおうとする初芽の身体を、後ろから抱きしめる。

「さっきの、初芽ちゃんがもういい、って話だけど」

初芽は割と背が低い方だ。そして初は背が高いため、身長差が三十センチ以上ある。彼女をすっぽりと腕の中に収め、初は彼女の頭を一度撫でた。

「僕は、もういい、って思わない。ただ……初芽ちゃんがいい、と言うなら、それでいい。君が反省しなきゃいけないことは何もない。社会的に置いていかれる気がするっていうのもわかる」

「それは……真井君が、社会的に、っていうのは……」

初芽がそう言って小さく笑った。その表情は見えないがきっと、そんなに良い顔をしていないだろう。

「僕は、十代のころからずっと仕事をしていて、同級生からはどこか置いていかれている気がしていた。仕事になれば周りは大人ばかりで……子供の僕は、そこでも置いていかれている気がして」

　初芽が顔を上げたので、初は腕を緩めた。

　そうすると初芽は初の方を向き、瞬きをして見上げる。

「だから、わかるよ、少し。人を見抜くなんて、そんな簡単にできるわけない。あと、君は女性だから基本的に受け身だ。心が伴ってないのに、男が覆い被さってきたら、怖いに決まってる」

　初芽の目が潤んで、また頰に雫が落ちてくる。

　それを指先で拭って、初は笑みを向けた。

「だから僕は反省している。誕生日の夜、初芽ちゃんを抱いたこと」

　涙で潤んだ目を瞬かせ、初芽は首を振った。

「あれは……違う」

「そうかもしれないけど、男の力には女は抗えないから」

　初の言葉に、初芽は小さく息を吐き、初の胸に顔を埋めた。

「そんなことない。真井君は、優しかったし、痛くなかった……それに、ちゃんと気持ちがあった」

　初芽はそう言って、顔を赤くした。痛くなかった、という言葉に少しの切なさを感じる。

「だったら良かった」

少しだけ笑うと、初芽も口に笑みを浮かべた。その唇を指先で触れると、彼女が顔を上げる。

「キスしてもいい？」

初が聞くと、初芽は小さく頷いた。

顔を近づけると、彼女がゆっくりと目を閉じたので、自身も目を閉じた。少しだけ唇を開け、彼女の唇を食むように重ねる。

初は、自分の誕生日の日も初芽にキスをした。これが初めてじゃない。

だが今、唇を重ねていると、初めてキスをした時のように心臓がドキドキと脈打った。

初芽に聞こえてないかな、と思いながらキスの角度を変え、開いた唇の隙間から舌を入れた。

「は……っん」

初芽の甘い声が聞こえ、水音を立てながら唇をゆっくり離す。

彼女の舌がわずかに追いかけてきたのが、嬉しい。

「帰れなくなりそうだ」

初が小さく笑って言うと、初芽も微笑んだ。

「ベッドが……」

「ん？」

「ベッド、狭くてもいいなら……」

初芽が顔を赤くして言った言葉は、きっと彼女にとってとても勇気を振り絞った言葉だと思った。

高校生の頃から付き合っていた一世と一乃、大学生の頃から付き合っている一真と初美の関係など、今に至っても性的な話は苦手な初芽だ。

きっと彼女は奥手な自分が嫌いなのだろう。

「初芽ちゃんと一緒に寝て、何もしないでいるのは無理だし……コンドームも持ってないし」

初が淡々とそう言うと、初芽はさらに顔を赤くした。

「今日は帰ろうかな」

額の前髪をかき分け、そこへキスをすると、彼女は顔を上げた。

赤い顔が、すごく可愛かった。もちろん、好きなのだから、そんな顔をされては、何かをしたくなる。

しかし、彼女の心の内をきちんと知った今は、今日はセックスをするべきじゃないと思った。

「初芽ちゃん」

彼女は瞬きをして初を見て、小さく息を吐いた。

「僕は、君の全部を知っているというわけではないと思うけど、全部好きだ」

そう言うと、初芽は目を伏せ、ゆっくりと額を初の胸に近づけ、身体を預けてきた。

「真井君が、初めてだったら良かった」

「……うん」

初は初芽を抱きしめ、頭を撫でる。

「でも、それはそれ」

初芽の頰を撫でながら、顔を上に向ける。

瞬きをした彼女の瞳は、綺麗だった。

「これからは、僕だけ。君の身体を見るのも、触れるのも、僕だけだ」

笑みを向けると、初芽は潤んだ目で笑った。

我ながら大胆なことを言ったが本心だ。

彼女が笑みを浮かべてくれて、嬉しいと思う。

「うん……ありがとう」

目尻に浮かんだ涙を軽く拭いて、初は初芽の言葉に応える。

「僕こそ、初恋を成就させてくれてありがとう、初芽ちゃん」

そうして、少しだけ強く身体を抱きしめ、初はすぐに帰った。

次は、抱くからねと言ったら、初芽は顔を赤くして、小さく笑って頷いた。

☆

初芽とのデートはある意味失敗に終わった。

けれど、それ以上に得るものが大きかった。

彼女と会った翌日は事務所に出向いて、自分の中で決めたことを社長の太郎に言うことにした。

中堅のモデル事務所で、今は少しずつ有名になりつつあるモデルや俳優を所属させている。居心地がいいため、一度所属したら契約を切るようなことはほぼないと言われていた。

事務所自体はそんなに大きな場所を借りているわけではなく、社長室も六畳くらいしかない。

その社長室のソファーに座って、初は太郎に話す。

「これからは、ステージモデルもするし、雑誌の仕事も受ける。俳優の仕事も来てるって聞いたけど、本当に需要があるなら、全部引き受ける」

初が言うと、太郎が少し声に出して笑った。

「もともと初は仕事に選り好みをしないし、現場受けも良いから助かるけど……急にどうした？　なんか言いたいことでもあるのか？」

太郎に笑みを向け、頷いた。すると彼はデスクの上で手を組んだ。

「なんだ？　言っとくが、ワガママはダメだぞ？　この前の初芽ちゃんのことは、うーんまぁ……友達だからギリＯＫだけどな。セミヌードだって、話題性があるから今回だけならってみずほも許してくれただけだからな。それと、編集長が初芽ちゃんのこと、お前の友達だって知ってたから上手く行ったんだからな」

「その初芽ちゃんだけどね。友達じゃなくて、恋人になったんだ」

太郎に間髪を容れずに言うと、彼は目を見開いた。

「……マジで？」

「マジだよ。長かったな、十三年……いろいろあって、高校の頃は子供だったし、ちゃんと言うこと聞いて……でも、もう我慢しなくていいっていうのは、本当にいいね」

クスッと笑うと、太郎は大きく息を吐いた。

「あれはお前のためだったぞ」

「もちろん、わかってるから言うこと聞いたんだ。別にそれに文句を言う気はないよ。だから、山崎(やまさき)編集長には悪いけど、あそこの仕事だけはもう受けないって言っておいて。初芽ちゃん、あの出版社辞めて独立したし。けど、初芽ちゃんの仕事に支障が出るのは困るから、詳しいことは言わず、僕のわがままで、ってことで」

眉間に皺を寄せられ、ため息をつかれた。

「あそこ、大手だぞ。みずほには言ったのか」

「言ってない」

「無理だぞ、それは。ワガママはダメだと言っただろ?」

はぁ、と再度あからさまに息を吐いた太郎は、椅子の背もたれに大仰にもたれて見せた。

「僕は、商品でしょ? 太郎さん」

「……そうだな」

「事務所に貢献した。十四の頃から……だから復帰もさせてくれたしそれは感謝してるけど、今も、貢献してる。他のモデルの何倍もの売り上げを上げてるのは、僕だけだ」

来月は、国内メーカーの時計の看板も街中に出る。そして、今月も来月も、表紙の雑誌は四冊出る予定だ。

また、ハイブランドのランウェイも歩くことが決定している。

「わかった……だが、あの出版社は大手だ。仕事は次に続くモデルたちのためにもやってもらいたい。初が気に入らんのは、あのイケメンもどきみたいな、初芽ちゃんの住所渡しした奴だろ？　どっかに飛ばしてもらうよ」

仕事を引き受けないと言ったのに、と初は心の中で呟きながら、不機嫌な顔になってしまう。

「……わかった、じゃあそれで。後輩モデルたちのために譲歩する」

「ありがたいね。さすが初だ」

笑った太郎に、初も笑みを返した。

「なんで、あいつが気に入らないんだ？」

「なんとなく」

初がクスッと笑うと、太郎は眉を寄せてため息をついた。

「初芽ちゃん絡みなのか？　同じ出版社だし？」

「想像にお任せする。ありがとう、太郎さん」

ソファーから立ち上がると、彼も立ち上がった。

「初芽ちゃんと、良かったな、初。ごめんな、今まで」

「自分で決めたことだ。モデルの仕事は好きだし、これからも頑張る」

じゃあ、と言って社長室をあとにする。部屋を出るとすぐ、後輩のモデルが立っていて、初は軽く会釈された。彼は初より身長が低いが、名が売れてきているモデルの一人だ。

初もまた軽く頭を下げ、横を通り過ぎた。

モデルの仕事は好きだ。嫌なこともあるけれど、自分で決めて、自分ができることをやっているから、やりがいがあった。

それに売れ始めてすぐの頃、高校に入って好きになった子はずっと、モデルの真井初が好きだった。しばらくすると、モデルではない真井初も好きになってくれて。

普通の高校生でいたら何かが違っていたのかなと、思う時もある。

だけど、モデルでいる自分を選んだのは初だった。弁護士になっても、モデルだった時を忘れられたことはなかった。

「なんでも、初芽ちゃんありきなんだよな」

彼女がモデルの真井初を見ていなかったら、今の自分はいない。

また普通の社会人に戻れと言われても、すぐには無理だろう。

「初芽ちゃんがカッコイイ、と言ってくれる間は、モデルでいようかな」

芸能人を辞めたらこの事務所に顧問弁護士で雇ってもらおう。

そう思いながら、浮かぶのは初芽の顔。

次に会ったら絶対に抱いてしまうだろうと思いながら、初は自宅のマンションへと帰るのだった。

6

恋人となった初に、いろんなことを話し、自分の中の感情をぶつけて数日。

本当は距離を置こう、と思っていたけれど、長男長女会の一乃にまず連絡を取った。それから、きちんとみんなに引っ越しをしたことを言った。

社会人になって、全員が集まることは少なくなったが、それでもやはり時々は集まって他愛もない話をしながら、お酒を飲むのも悪くないと思えた。

それは、初芽の今のマンションになることもあるだろう。

一乃は初芽の新しいマンションに行きたい、と言い、お酒と手料理を持ってやってきた。お泊まりしたいという希望は最初から聞いていたので、初芽は布団を用意した。

二人とも風呂を済ませ、女子会となった。

「はぁ、もぉ、初芽ちゃん一瞬行方不明になったかと思った！」

ビールを一口飲んだ彼女は、とりあえず言いたかった一言を口にした。

そのつもりが少しだけあったが、今はきちんと繋がっていたいと思っている。ただ、やはり、彼女は結婚しているのだから、という思いはあった。

「ごめんね、ちゃんと連絡をするつもりだったんだけど」

もともと、後ろ向きな性格が災いして、余計にネガティブになっているのは否めない。けれど、こんなことではダメだという思いもある。

「一乃は結婚してるし、初美も結婚するから、連絡控えた方がいいかな、って思ったんだけど……そういうの、余計な考え……だよね」

ちゃんと前を向いていかなければ、と気持ちをきちんと言うと、一乃はただ笑った。

「そうだね……でも気持ちはわかるな」

ため息をついた一乃は、そのあとにこりと笑ってみせる。

「なんか、連絡取りづらくなるよね？　彼氏できたり、結婚したりすると……高校の頃は、一世と付き合ってる時も、なんとなくクラスメイトからもそんな感じだったし。初芽ちゃんも、そうだったよね」

彼女の言葉に、初芽がちょっとうつむくと、わかるんだよね、とまた言った。

「私は長男長女会が全部の付き合いじゃないし、仕事先とかあるし。大学の時も、一世が隣に来たら、みんな察してどこかへ行くし、仕事先でもさ、飲み会よりも旦那さんに料理作らなきゃ、とか言われる。でも私も、他の友達に彼氏ができたときも誘うの控えたりとかしたことあるし……うん、けど、初芽ちゃんが思い直してくれてよかった」

ふふっと笑った一乃は、初芽の手を取った。

「もちろん、私は一世がいたら好きだし、そっちが優先になることもある。だけど、それ以外はちゃんと初芽ちゃんとも友達でいたい。余計な考えって思ってないよ？　誰だって、考えることだから」

彼女の言葉に初芽が微笑むと、一乃もまた微笑んだ。

初芽はいつも思う。

高校生になったころからずっと、できた友達は、優しい人ばかり。初芽は人付き合いが苦手なので、友達というのは長男長女会のメンバーだけと言える。

だが、彼女らがこうだからずっと、ありがたいことに友達でいられる。

幸せな世界に、居ると思うのだ。

「この前、はっちゃんと誕生日会したんでしょ？　どうだった？」

「どう、って……」

いつもの定番、カシスオレンジを飲みながら初芽は口ごもった。

「楽しかった？」

「うん、まぁ……この前ご飯しようって約束したけど、ちょっと用事ができてしまって……」

約束して実際に行ったけれど、元彼がいたので結局何も食べずに別れた初を思う。

あのあとちゃんと食べたかメッセージを送ったら、きちんと食べたらしく、ホッとした。

次の約束は、ちょっといいディナーを食べよう、と言われている。

「そっか……そっか。うん、良い感じだね」

「え？」

「だって、はっちゃん初芽ちゃんのこと、ずっと好きだし……あっちはまぁ、芸能人だからいろいろあると思うけど……いい大人だし、問題はクリアしてそうな気もするし」

初が初芽のことを好きだということは、もしかしてみんな知っているのだろうか。ちょっと頭の整理がつかなかった。

「えっと、真井君って、本当にずっと私のこと好きだったの……？」

彼自身から聞いたけれど、一乃からもそう言われるとは思わなかった。

初芽も、ずっと好きだったけれど、みんなも知っていたなんて。

「本当だよ！　初芽ちゃん、恋愛興味なさそうだったし、あんまり言わない方がいいのかなって……初芽ちゃんもはっちゃんをいつも見てたのは知ってるけど……。はっちゃんのこと、ちゃんと考えてくれると……嬉しいかな」

あは、と笑った一乃はビールを飲み干し、次の缶を開けた。

「私、そんなに興味なさそうだった？」

「うん……まぁ……。でもはっちゃんは、いつも初芽ちゃんを見てたよ。勉強教えてたし、お土産とか、なんかちょっとみんなと違って特別だったよね……」

初にも同じように恋愛に興味なさそう、と言われた気がする。

確かに、そういう方面は疎く、鈍かった。それに、なんだかいろんなことを考えると躊躇してしまい、大人になっても純真な少女みたいな考えになってしまっていたと思う。

「お土産、そんなに違ってたかな？」

「そうだね……私たちにはキーホルダーとかお菓子だったけど……初芽ちゃんにはキラキラのエッフェル塔とか、めっちゃ可愛い、アイラブニューヨークのチョコとか……あ！　エッフェル塔のボールペン、めっちゃ可愛かったよね？　スーベニアっぽい感じ？　私たちには、普通のボールペンだったのにね」

ボールペンの一部分が透明の筒になっていて、そこにエッフェル塔が入っているアレのことだろうか。

ありがとう、と貰ったあと、特に気にせずに家で封を開けて、すごい、とは思ったけど。

一乃たちが貰っているものがどんなだったかは全く気にしてなくて、みんな同じのを貰っていると思っていた。我ながら鈍すぎる。

「そんな、特別にされているとは思わなかった……鈍いね、私」

「そうだね！」

一乃が可笑しそうに笑いながら断言する。

初芽は苦笑いをしてカシスオレンジを飲んだ。

「誰でもさ、いろんな思いあって生きてるし、もしも初芽ちゃんが私と会うのは気が引けると思っても、私は会いたいから。私たちと会うことをやめないで欲しい。長男長女会との繋がりも、ずっと持っていて欲しいな」

それに、とさらに一乃は言葉を続ける。

「はっちゃんのこと、初芽ちゃんも嫌いじゃないよね？　考えてみてよ。また芸能人に戻っちゃったけど、でも、きっと初芽ちゃんのことは真剣に考える人だから。……良い人だってこと、初芽ちゃんも知ってるだろうけどね」

笑みを浮かべた彼女に、初芽は頷いた。

「うん、ありがとう。一乃がいるから、いつも、長男長女会のメンバーでいられる」

そう言うと、ふんわりと笑った一乃は、初芽の肩を抱いた。

「ずっと友達でいてよ、初芽ちゃん。私、初芽ちゃんのこと、好きだから」

「うん、ありがとう、一乃」

初芽は一乃の肩に頭を預けた。

初とのことはまだなんとなく言うのが照れ臭いし、きっと初もまた、長男長女会のメンバーには言っていないのだろう。

この前の、元彼のことは重くのしかかる気持ちだが、初のおかげで前を向いていられる。

そして、彼の腕に抱かれた自分を思い出しながら、初芽は次に彼に会うのが楽しみだと思うのだった。

☆

初が次のデートの場所に決めたのは、映画館でも彼の家でもなく、純和風の料亭だった。

予約すれば宿泊もできるという、完全個室の店らしい。宿泊できる部屋は二部屋しかないらしく、ネットで調べたら結構予約が詰まっていた。

初の名前を言ったら入れるようにしているとメッセージで送られてきた。できれば、電話で直接誘って欲しいと思っていたのだが、初芽は何も言わず、ＯＫして現地に行った。

約束の時間は午後五時半だったため、昼間は自分が以前勤めていた出版社に打ち合わせをしに行き、そのあと、新規で仕事の依頼をしてくれた出版社に挨拶に行った。

バッグの中は資料などで重たかったから、駅から離れた料亭へはタクシーで向かう。到着して実際の店構えを見て、初芽は目を丸くした。

「ネットで写真は見たけど、実際はもっとすごい……政治家とか使ってそう……」

テレビドラマで見るやつ、と思いながら、初芽は料亭の門をくぐった。

そもそも重厚さが桁違いだ。入口に立つと、すぐに着物姿のスタッフがやってくる。

「あの、予約を入れてる、はずで……真井ですが」

「真井様ですね。ご案内いたします」

予定より着いたのが少し早かったが、快く案内してくれるところがさすがだった。

初芽はきょろきょろと視線を移してしまう。こんなところ、来たことがなければ縁もないと思っていた。

廊下は広く、綺麗に磨かれた艶のある無垢板張りだ。中庭もあり、ちょっとした日本庭園という感じできちんと手入れがしてあり、いかにも高級料亭の風情だ。

スタッフは一つの引き戸の前で座ると、頭を下げた。

「真井様、失礼いたします」

引き戸を開けると、すぐ近くまで出迎えてくれたのは着物姿の初だった。

「真井君……着物」

中は紺色だが羽織は濃いグレーの出で立ちで、彼は初芽を見て笑みを浮かべた。

「お料理は予定通り十八時にお持ちいたします。お茶をお持ちいたしましたので、それまでごゆっくりされてください」

お茶なんて持ってきてたっけ、と思い後ろを向くと、もう一人着物のスタッフがいて本当にお茶を準備している。

「座って、初芽ちゃん」

「うん」

初芽が座ると、初も腰を下ろした。スタッフが手際よくお茶を初芽と初の前に置いてくれる。それから小さな豆大福も添えられ、初芽は頭を下げた。

二人きりになると、彼が微笑む。

「ごめんね、ここで撮影があったんだ。着物は明日返す予定なんだけど、脱ぎ着が面倒で」

「ううん。すごく似合ってる……着物の雑誌に載るの？」

背が高いから着物よりも洋服の方がカッコよくて似合うと思っていたが、そんな想像は覆されてしまうほど、初は着物が似合っていた。

「三、四ページは載ると思う。それで、どうせなら初芽ちゃんとご飯でも、と思って」

料亭でご飯なんて初めてで、作法とかあるのかとちょっと心配になってきた。

「でも、なんていうか、私こういうところでご飯したことないから……大丈夫かな」

「大丈夫。料理を持ってきてくれる以外来ないから。みんな完全個室であまり声も聞こえないみたいだし」

彼はお茶を飲み、豆大福を和菓子楊枝で半分に切って口に運ぶ。

「美味しいよ?」

初芽は彼の言葉に頷き、同じように豆大福を半分に切って、口に入れた。

「ん……本当に美味しい。これ、生クリーム仕立て?」

生クリームと黒餡を混ぜた感じの中身で、和菓子だが洋風だ。

「そうだろうね。ところで、ごめんね、呼び出して。初芽ちゃん結構和食好きだし、どうかなって思ったんだ」

確かに初芽は和食好きで、もちろんそんなに好き嫌いがないからいろいろ食べられるけど、ただ刺身だけが食べられない。

「でも、私お刺身とかは……」

「ここは刺身出ないよ。みんな調理された料理ばかり。大丈夫」

慣れない場所だからか、初芽は緊張して、いろんな心配ばかり先立ってしまった。

こういうのいけないな、と思いつつ笑みを浮かべる。

「ありがとう、いろいろ考えてくれて」

「いいえ」

クスッと笑った彼は、豆大福の残りの半分を口に入れる。

初芽もまた同じように豆大福を口に入れ、この大福はどこに買いに行けばいいんだろう、と思う。できればお持ち帰りしたいほど美味しかった。

「初芽ちゃんさえよければ、宿泊もしていきたいくらいだけど……しばらく予約でいっぱいだって」

宿泊、と聞いてちょっと息を止めた。

けれどすぐに呼吸をして、彼を見る。

「そうなんだ」

彼はただ笑ってお茶を飲む。

初と抱き合ったのはついこの間のことだ。まだ一ヶ月もたっていないから、よく覚えている。

あの時の心臓の音や、触れた初の肌。掠れた声に、キスの感触、濡れた音。

それに身体を繋げた時の、言いようのない、もっと、という感覚。

「だからさ、ご飯食べたあと、僕の家に来ない？」

ハッとして顔を上げ、初芽は瞬きをした。彼の家に行くということは、と初の目を見る。

ゆっくりと瞬きをした彼の目の美しさは極上だった。

「それが、もし……その、夜のお誘いだったら、私……」

目線を下に向けてしまう。顔が熱い。小さく息を吐いて、気を取り直して彼を見る。

「ああ、嫌だった？　ごめんね」

「や、そうでは……」

少し首を傾げる初を見て、とりあえず深呼吸。

「また、あんな風に変になると思うと、恥ずかしくて……ああ、なんか、その……」

うーん、と言うと初はフフッ、と鼻で笑った。

なんで笑うの、と思って眉根を寄せると、彼は笑みを浮かべながら言う。

「僕だって、ずいぶん変だったと思うけど？　興奮して鼻息とかも荒かったんじゃないかな……？」

それから可笑しそうに笑い、口元に拳を当てる。

「真井君はそんなこと……」

「そんなことあるよ。初芽ちゃんを抱いてる僕が、変になってないわけがない」

変というより色っぽくて、吐息も熱くて、その息でさえ初芽はドキドキした。

あれが変だと言うのなら、いったいどうしたものか。

「コンビニで下着、買って帰りたいかな……」

口をキュッと引き結ぶと、彼は目を少しだけ細め、笑った。

「ありがとう」

ありがとうってなに、と思いながら小さく頷いた。

初芽は本当にごくごく普通の成人女性で、彼と同級生だっただけ。初はとにかくすごい人で、たくさんのファンがいる。

ただ彼の家に行くために、下着を買って帰りたいと言っただけで、礼を言われるなんて思いもしない。

どちらかと言えば、こっちが彼女にしてくれてありがとう、と言わなければならないのではないか。

「料理まだ来ないな……」

「うん、そうね……」

初芽がスマホを見ると、十八時五分前だった。

「こうやって、初芽ちゃんと二人でご飯デート……なんか、ドキドキするな」

は、と吐息を吐いた初を見て、そんなこと言われると初芽もなんだかすごくドキドキしてきた。

「でも、すごく嬉しい」

初は少し声に出して本当に嬉しそうに笑った。

それはいつもの甘い笑みで、さらに心臓の音が高鳴る。テーブルを挟んでいて良かったと思う。

このドキドキが、聞こえなくて良かった。

☆

さすがに、料亭の料理は美味しかった。特に豆腐のクリームコロッケが美味しくて、小さくてコロンとしたのが三つだけだったが、続けて食べたくなるくらいだった。

そのほかの料理もすごく凝っていて、いったいどうやって作っているんだろう、と思いながら楽しんで頂くことができた。

食べ終わってひと息ついたところで、こういうところのご飯代はいったいいくらするんだろう、と思った。初芽が財布を出そうとすると、今日はいいよ、と言われ、初がトレイの上にカードを置いた。

テーブルを見ても会計票がなく、次にスタッフが来た時にはカードと白い封筒が置いてあった。

それを見て、ここはとんでもなくＶＩＰなお店ではないかと、恐縮した。

帰りはタクシーを呼んでもらい、初と二人で後部座席に乗ったが、まるで夢見心地な感じだ。

「今日、なんか、すごいデートだった……真井君はいつも、こんな感じのデートをしてるの？」

初芽が隣にいる初をそっと覗き込むように見ると、彼は微笑んだ。

「ああ……こういう場所は、弁護士の時に接待で利用したことはあったけど……でも、デートは初芽ちゃんが初めてかな」

それは嘘だろう、と初芽は笑ってしまった。

「や……それは、さすがに嘘だってわかるよ、真井君」

「どうして？」

「え……だって……知ってる限りの真井君はいつもモテてたし、今でもすごいモデルさんだし」

それに彼は、セックスは初めてじゃなかったし、すごく慣れていたような気がする。あんなに初芽の身体を昂らせた人が、デートをしたことがない、誰かと付き合ったことがないなんてありえない。

「僕はずっと初芽ちゃん一筋だよ?」

初芽と目を合わせながらそう言われ、心臓が跳ねる。

初の綺麗な顔が間近にあれば、誰だってこうなるはずだ。

「そんなこと……」

視線を外し、うつむいた。

そうすると初が初芽の手に指を絡ませ、手を繋ぐ。

ここはタクシーの中で、運転手にも聞こえるだろうから、言いたいことをいろいろとは言えない。けれど、彼が女の子と付き合ったことがないなんてわけがないだろう。

いや、付き合ったことがなくても、童貞じゃないはずだとか、すごくセックスに慣れていたとか、あんなにモテていたのに私だけなはずはないでしょう、など聞けない。

「言いたいことは、家に帰ったら聞くよ。それにしても、お腹いっぱいで帯が苦しい」

少し声に出して笑った初は、初芽の手をさらにキュッと握る。

「真井君、着物姿、素敵。すごく似合う」

ドキドキするままに、呟いてしまった。

本当に似合っていると思う。肌の色も白い方だから、締まった色合いが余計に魅力を引き出している。

「そうだ、お正月には、初芽ちゃんも着物を着ない？　初詣も一緒にどうかな？」

着物なんて着る機会がないし、着物で外出なんて想像がつかない。それに、どんな着物を着たらいいんだろう、と首を傾げる。

「でも、どんな着物がいいのかな？　袖が短いの？」

「振袖は？　成人式の時の、レンタルって言ってた紫色の着物、可愛かった。でも、柄が現代的だったから、もっとレトロな感じのもいいね」

振袖は、成人式の時しか着ていない。一度しか着ないから、両親が買おうと言ったときにレンタルでと言ったのだった。

レンタルでとりあえず落ち着いたが、そのあとの着物選びも意見が合わなくて大変だった。両親が絶対にこれがいいと選んだ着物は、イマドキ風の可愛い柄で、嫌いではなかったが、初芽としてはもう少し古典っぽいのが良かったのだ。

「振袖かぁ……うん、もう一回くらい着てもいいかな？　未婚だし、問題ないかな……」

初芽がそう言うと、どこか嬉しそうに初が笑った。

ああ、こういう顔するんだな、と思う。もちろん何度も笑顔を見たことがあるが、感情の籠もった嬉しそうな顔は、すごく魅力的だ。

「着物で初詣、楽しみだ」

初と二人一緒に年明けを迎え、初詣をするなんて、二十八のこの時まで考えたことがなかった。

今まで長男長女会のメンバー全員で行ったことはあるけれど。

そうやって話しているうちに、タクシーがコンビニに停車した。

「買い物、するでしょ？」

彼が繋いでいた手を解いた。

「あ、うん」

そうだった下着を買うんだった、とタクシーを降りてコンビニの中に入る。

棚に置かれた下着を目の前にして、何度か瞬きをした。

「私、今日……真井君と……」

下着買って帰りたい、ありがとう。

そのやり取りをしたことを思い出し、なんだか顔が火照ってくる。

彼とは一度したけれど、ただ身を任せていただけで、自分からは雰囲気も作らず。今日もどうすればいいのか、わからないままだ。

「真井君が、何とかしてくれるかな」

してくれるはずだ、と初芽は深呼吸をしてショーツを手に取った。化粧水などのセットも目に入り、それも手に取った。

「それにしても、真井君、着物……素敵よね……あれを脱ぐのか」

脱ぎながら、もしかして。

そう思うと余計に顔が熱くなってくる。

とりあえず、と手に取った二つをレジへ持って行き、清算する。

待っているタクシーへと向かって乗り込むと、初はスマホの画面を見ていた。

「お帰り」

「うん」

初芽が返事をすると、出してください、と初が言い、タクシーが動き出す。

本当に初とこんなことになっていいのかな、と思いながら彼を見る。

するとまた先ほどと同じように手を繋がれ、にこりと微笑まれた。

いいのかな本当に、と何度も心の中でリフレインしながら、初のマンションへと向かうのだった。

7

その日は、今まで一度もやってこなかった着物の撮影が入っていた。料亭での撮影だったので、夜ご飯を一緒に食べられたらいいと思い、初芽を誘ったのだ。

もちろん予約が必要な高級料亭なので、予約をしたのだが、彼女は気に入ったみたいで笑顔で食べていた。

初の家に来てくれることになり、彼女はコンビニでお泊まりセットや下着を買って、今はエレベーターの中。

ようやくちゃんとデートをして、家に誘えた。

頭の中は初芽のことでいっぱいだった。

家の中に入ると、草履を脱いで振り返る。

「先に、着物脱いできていいかな？　初芽ちゃんはシャワーでもどう？」

羽織の結びを解こうとしたら、あ、と初芽が小さな声を上げた。

「できれば……写真、撮ってもいいかな？」

家に上がる前にそう言った彼女に、笑って頷く。

すると控えめになっていた表情が明るくなった。

「いいよ。上がって」

「ありがとう」

笑顔の彼女に、一応笑みを浮かべて背を向ける。

最初彼女と抱き合ったときは同意ではあったが、本当は違ったのかもという不安に駆られ、余計なことまで言ってしまった。でも今日は、初芽はただ、そういうことをするとわかってついてきてくれている。

こういうのは、初にとってはじめてだった。

初は恋人としての付き合いも、誰とも今までしたことがない。

『知ってる限りの真井君はいつもモテてたし、今でもすごいモデルさんだし』

彼女の言いたいことはよくわかった。たしかにずっとモテてきた。

弁護士をしていた時に、職場の先輩に嘘を吐かれて連れて行かれた先に、初を好きだという女性がいたこともある。

すぐに二人きりにさせられてしまい、デートのような感じになったのだが、その時の女性にはきっぱり断った。

好きな人がいるから、と。

「どこで写真撮る？」

羽織を結び直し彼女を見ると、瞬きをして初をジッと見た。

「真井君のこの着物を着た雑誌、いつ出るの？」

スマホをバッグから取り出した初芽は、画面を見て操作した。カメラにしたのだろうと思いながら、彼女の問いに答える。

「来月かな。今回のは宝石とか、高級なものばかり載せてる雑誌だから、初芽ちゃん興味ないかもしれない」

「……でも、真井君が載ってるなら、きっと買う」

ふふ、と笑った彼女に、ここでいいかとカーテンを引いた窓に背を向ける。

「ありがとう……じゃあ、撮ります」

何度かスマホのシャッターを押す音が聞こえ、軽くポーズをとってみせると彼女は喜んだ。

「モデルさんみたい」

「モデルだよ？」

「そうだった！　でも、こんなに間近で、仕事の服のままの真井君を見るのは、初めてだし」

そう言って、スマホの画面を見せてくれた。

「よく撮れてる」

「真井君だから」

初芽がゆっくりと目を閉じて初の着物に鼻を寄せた。

「この着物、いい匂いがする。ちょっとお香っぽいような」

好きな人と、こんなに近くにいることは、初めてだった。

美しい物はたくさん見てきたし、何なら宝石や時計を身に着けてハイブランドの店舗のオープニングパーティーに出席したことだってある。

とにかく初の周りは美しい物や人ばかりで、皆、自信に溢れていた。

自分もその中の一人で、もちろん注目を集めていないわけがなく、何もわからない若者でもなかった。

「初芽ちゃんの方が、いい匂いがする」

腕の中に確実に収まる初芽を抱きしめる。

ほんの少しの間だけ、目を閉じた初芽は可愛かった。

初芽は、美しいというわけではない。美しさだったら、自分の周りにいる人々の方が華やかなのは確かだ。

でも、彼女の肌の質感、柔らく黒い髪の毛、同じ色の瞳、初を見つめる角度。

そしてついこの間知ったばかりの、薄赤く色づいた柔らかい唇。

初を惹きつけて止まない彼女の魅力は、周りの美しさには勝てない。

顔を上げさせると、小さく瞬きをした。初が顔を近づけるとキュッと目を閉じる。嫌がって閉じたのではない、経験が浅い彼女の、ぎこちない目の閉じ方さえ、抑えがたく心臓が鳴り響く。

「……っ」

小さく息を詰めた初芽の声が愛おしい。

十四からモデルをやって、高校に入学したばかりの頃には好きな人ができて。

でも、ただの友達でさえ写真を撮られる、クラスメイトでさえマスコミに話を聞かれるような、常に衆目に晒される状況で、おいそれと告白なんてできなかった。

だからこそ好きな気持ちを抑えた。事務所の言う通りにしたのは、自分自身も、彼女も守りたい気持ちがあったから。それに、そうしていれば、大人の言う通りに気持ちが通り過ぎ、過日は好きだった、と思うのかもしれない——。

『たった十五歳の恋心で、この先の自分の未来を潰すか？　そして、まだ十五の恋をこの先ずっと継続できるか？　その子の将来も、約束できるか？　芸能界は、純愛を求められるんだぞ』

過日は好きだった、どころか、今もずっと好きだ。

周囲のみんなと比べたら勉強が得意ではない初芽が、クラス内で順位を上げた時、嬉しかった。一緒に勉強をやって良かったと思った。

もともと希望ではない、私立の進学校へ進んだのは両親の願いだったらしく、その付属の大学へと思っていたが、初芽は内部進学が叶わなかった。

泣いていた初芽はかわいそうだと思ったが、初も国立大学への進学が決まり、少しだけ遠ざかるのはありがたかった。

大学へ進学する前の十八の頃には、彼女がいるだけでずっと、心も身体も苦しかったから。

「……っん……っふ」

その初芽を腕に抱いたあの日、幸せだったが、彼女はどうだったのかあとから心配になった。しばらく連絡が取れず、自分はとんでもない間違いをしたのだと猛省した。

けれど今は思いが通じ、ずっと好きで堪らなかった人が、腕の中にいる。

「……真井君」

唇を少し離すと、いつもと同じように呼ばれる。彼女はいつも名字呼びだ。

長男長女会のメンバーのみんなは誰もそう呼ばないのに、名字で呼ばれるのは新鮮だが、いつか名前で呼んで欲しいと思う。

「君が好きだ、初芽」

本当はシャワーを浴びさせて、自分もこの慣れない着物を脱いで、と思っていたのに。

なんと心と身体はままならないものか。

「……抱いていい？」

彼女の額に手のひらで触れ、それから鼻筋、唇へと指先を這わせる。初芽は小さく頷いて、それから見上げてくる。

初は彼女を抱き上げ、寝室へ向かった。

着物は返さないといけないとか、そういうことは全く考えなかった。

ただ大好きな初芽を抱きたい。

それだけだった。

☆

初芽をベッドに下ろすと、彼女の身体の横に膝をつきながら、羽織を脱いだ。

床に無造作に落とすと、そのまま覆い被さり初芽の服を脱がせようとするが、脱がせにくい服に思わず苦笑する。

「脱がせにくいな……ブラウスにベスト」

初がフッと笑うと、初芽が目を泳がせた。

「そんなつもりは……なかった、のも、あって」

そんなつもりというのは、セックスするつもりがなかったということだろう。初芽らしい答えに、初は彼女の唇に小さくキスをした。

「わかるよ。でも、大丈夫、脱がせるから」

初芽の手を取り、手首のボタンを外し、白くて細い腕を露わにし、前腕の中央に口付けた。舌先を這わせ、そこを少し強く吸うと、赤い痕が残る。

「あ……」

顔を真っ赤にした初芽が可愛い。反対の手も同じように手首のボタンを外し今度は手首に近いところに痕を付けた。

「痛くなかった？」

小さく頷く初芽の首筋に顔を埋め、耳の後ろにキスをしながら肌を摺り寄せる。その間に首元のボタンを外し、露わになった鎖骨に濡れたキスをする。

「は……は……っん」

甘い吐息が耳をくすぐる。

この声がずっと、聞きたかった。ずっと、十代の頃から。

身体を起こし、スカートのファスナーを下げ、ブラウスを引き出すと、中に両手を入れた。

「あ……」

目を伏せて顔を横に向ける初芽は、唇を開き、小さく息を吐いた。

右手を背に回し、下着のホックを外す。

顔を正面に戻した初芽は、初を少し濡れた目で見る。

「真井君、は、脱がないの……?」

だいぶ着崩れた着物に少しだけ目をやり、初は笑った。

「それより、早く、初芽ちゃんを脱がせたい」

ブラウスの中に再度両手を入れ、下から下着やベストとともに上へ押し上げる。

「あ……っ」

小さく声を出したあと、声を噛みしめる初芽の顔が、初の下腹部に疼きを届ける。

この前とは少しだけ違う顔だった。

露わになった初芽の乳房は記憶にある通り小ぶりで、綺麗な形だ。もうすでに感じているのか、その先端は尖っている。

「手を上にやって」

初芽は恥ずかしそうに頷き、手を上にやる。初は上半身の服をすべて脱がした。

初芽はすぐに片手で胸を隠したが、初はその手を取り前腕から上腕にかけて、唇を這わせた。

「さ、ないく……っ」

隠す腕をベッドに戻し、初は彼女の胸に吸い付いた。

「あ……ぁっ」

唇で愛撫できない方の胸は、手で揉み上げる。先端をつまむと、初芽の身体がビクリとした。

柔らかいと思う。この前も思った、想像よりもずっと、初芽の身体は柔らかくて滑らかだ。

スカートを脱がせ、ショーツの中に手を入れる。

指を這わせたその先は、もうすでに濡れていて、ただ指で撫でるだけで、指先が中に入っていく。

「は……っあ……っん」

「濡れてる」

耳元でそう言うと、初芽が潤んだ目で初を見て、恥ずかしそうに目を伏せた。

「……恥ずかし……っあ！」

「どうして？　嬉しいよ」

耳の裏に舌を這わせたあと、唇を啄む。

「ん……っ」

初芽の中に入れた指を動かすと、彼女は初の着物を摑んだ。ああ皺になるな、と一瞬思ったが、それよりも初芽の感じ入った顔が美しいと思った。

十四の頃から綺麗なものに囲まれて育ったと思う。

だけど、何より赤い唇を開き、初の着物に縋りつき、絶え入るような小さな声を上げる初芽は、どんなものよりも綺麗だった。

初芽のこの表情は、今だから見られる、初だけのものだ。

こんなに美しくも色気のある顔を、あの男は見なかった。初めての男にはなれなかったが、それでもこの指先まで快感を得ているような初芽は、初しか知らない。

「痛くない?」

「……ったく、ない……っ」

濡れた音が指先を入れるたびに聞こえる。少し角度を変えるだけで、キュッと唇を引き結び腰を逸らすのを見ると、早く一緒になりたいと思う。

届くところまで指を入れると、初芽が声を上げた。

「あん……っ……あっ……は」

身体を震わせる細い身体。そのたびに揺れる胸が可愛い。

「ああ……イったかな?」

初が言うと、彼女は小さく何度も頷いた。

その様子を見て、自分もそろそろ限界だと思う。張っている自分のモノがキツくて痛い。

「……初芽ちゃん」

頰を撫でたあと、ベッドサイドにあるチェストからコンドームを取り出し、口で封を開ける。

先ほどまで苦しかった帯もなんだかどうでもよくなり、裾を開いて面倒な下着を下げる。

片足を立てながら下着を取り去ると、自身にコンドームを着けた。

「あ……真井君……」

白い胸が忙しない呼吸で上下している。

赤い顔をしている彼女に微笑んだ。

「着けるところ、見えた？」

首を振るのを見て、初は片足を立てたまま、彼女の足を開き、身体を近づける。

「着物で見えなかった」

「そうか……もう、これ、どうしようか……初芽」

クスッと笑うと、初芽は着物を掴んでいた手をパッと離す。

「離さなくていいのに」

そう言いながら、初は自分の先端を、初芽と繋がる部分に触れさせる。

ゆっくりと押すように挿入すると、前と同じ締め付けと、包み込む温かさを感じる。

「は……っあん！」

初芽が甘い声を出す。

その声だけでイキそう、と思いながら留まる。

「気持ちい……初芽」

片足を立てたままの体勢で繋がったから、初めての時と少し、角度が違う。より繋がりが深くなり、初芽が身体を震わせた。

ただそれだけのことだが、初芽の本当の奥まで自分のモノが届いた感じだった。

彼女の片足を少し持ち上げると、涙目で甘い声を上げる。

「ダメ……っそれ……」

「気持ちイイ？　それとも、よくない、かな？」

フッと笑うとまた初芽は初の着物を掴んだ。

立てていた膝もベッドに下ろし、彼女の身体を揺らす。揺れる乳房に手を伸ばし、揉み上げると、唇が開いた。

気持ち良さそう、と初は笑みを浮かべる。

唇を開き、喘ぎ、善がる様に、何とも言えないほどの満足を感じた。

一度自身を引き抜き、初芽の身体を横抱きにしながらうつぶせにする。彼女の腰を引き上げ、後ろから繋がった。

「あっ……これ……」

「ごめん、背中見たくて」

背骨の窪みに指を這わせると、初芽の身体がビクリと震えた。

「ひゃ……っん」

「可愛い声出たね……思った通り、綺麗だ」

女性らしい柔らかさのある曲線が魅力的だった。

目でも満足できる、まだ、セックス慣れもしていない身体。

「そんな、こと……っはぁ」

「綺麗だよ、初芽は」

背中の窪みに舌を這わせ、そこを吸うと赤い痕が付く。

腰を小刻みに突き上げながら、初も限界が近づいていた。この快感に眩暈がするくらいだった。

「も……私……っい……っあ！」

「もう、僕も、良すぎて、限界、かな」

イキそうな身体で何度も初芽に腰を打ち付ける。

初芽の身体がくずおれながら初を受け止めて、強く突き上げると初は達した。

まるで余韻のように動きが止まらず、出るのも止まらない感覚。

初芽に覆い被さるように身体の横に手をつき、何度も苦しく忙しない息を吐きだす。

「は……っはぁ……っ」

額から滲む汗が、初芽の背中に落ちた。

眉間に皺を寄せて、大きく息を吐き、初芽から自身を引き抜く。

まだ硬さの残る自分の興奮具合に笑いそうだったが、とりあえずゴムを外しティッシュとともに近くのゴミ箱へ捨てた。

「初芽ちゃん?」

うつぶせたままの背中が上下している。

その背中に覆い被さってから、横向きになって抱きしめるようにすると、初の手に自分の手を重ねてきた。

「真井君……」

「ん?」

「私、真井君が、本当に好き」

顔を初の方に向けた彼女の顔が微笑んでいた。

だから頰を包み、そのまま口付ける。

「僕も、君が好きだ。君を抱いてると、幸せだ」

そう、とても幸せだと思う。

好きで好きで、ずっと好きで堪らなかった。

十代の恋の苦しさは思い出すだけで、狂おしい。

初芽はきっと、当時の初の気持ちとか、アレコレを聞きたいだろうと思いながら、思い出すだけでも少し苦い記憶に、初は眉間に一瞬だけ皺を寄せて、大きく息を吐くのだった。

☆

「あれ、買い取るしかないかな……？」

初の家に泊まった翌朝、初芽の隣でコーヒーを飲みながら彼がそう言った。ハンガーにかけてつるしてある、着物、羽織、長襦袢などを見て、初はため息をついている。

昨夜、セックスが終わったあと、眠気が襲ってきた。けれど、シャワー浴びようか、と着物を脱いでハンガーにかけた彼がバスルームまで連れて行ってくれた。

なので、初芽は身体を洗って、初が貸してくれたシャツとパンツを着てそのまま眠った。

目覚めて、初がコーヒーと半分にしたトーストにバターを塗って用意してくれたので、それを食べている最中だった。

初の言葉を聞き、初芽は改めて見てもシックな色をして高そうな着物に視線を移した。

「あの着物……本当に高そうだね」

昨日の夜、初と二度目のセックスをした。最初と同じく、すごく濃厚だったと思う。

とはいっても初芽は元彼の最悪なことと、初しか知らないので、本当のところどうなのか、普通と同じなのか違うのかはわからないけれど。

「うん……着たままセックスしたの、バレちゃうかも……クリーニング込みで借りてるけど……でもあれ、撮影用だし……どうしようかな……匂いとか、平気かな……」

初芽は口を付けたコーヒーを、慌てて飲み込んだ。

そうでないと噴き出しそうだったからだ。

「え……匂いとかついちゃう？　私の!?」

初が瞬きをして、初芽を見つめる。

それから横を向いて目を逸らし、可笑しそうに笑った。

「え？　なんで笑うの？」

「いや……でも、まぁ、一応気を付けたし、お香っぽい匂いはまだついてるし……でも皺はついちゃったから、事務所に聞いてみる」

なんで笑いを抑えながら話すんだ、と少しだけムッとする。そうしたらまた初が笑った。

「私、変なこと言った？」

「ううん。初芽ちゃんと、昨日したコト思い出しただけ。慣れてないのが、すごく嬉しいなって思って」

昨日したコトと言われ、確かに初芽はエッチに慣れていない。けれど、そんなことを嬉しくて笑ったのではない気がする。

「ゴムをしてたし、汚したわけじゃないから、大丈夫だと思う。君の匂いってわけじゃなくて、互いの、愛し合った証拠が残ってたら困るな、って」

何言ってるの、と思いながら、とても大人っぽい、いやらしい言い回しに顔が熱くなるのを感じた。初芽は下唇を噛んで顔をうつむけた。

初芽は経験があっても、経験とは言えないと思う。

やはり初は比べるまでもなく経験豊富なんだろう。

「真井君、ああいう大人なセックスすごく慣れてて……」

初芽が顔をうつむけたまま言うと、初はクスッと笑った。

「そういえば、昨日のタクシーの中で、なんだかそういうこと、聞きたそうな顔をしてたよね？」

図星をさされ、初芽は顔を上げた。

「でも、教えないよ。僕が君に教えたり、言ったりするとしたら……ただ君が好きだということだけ」

初芽の目を見て、にこりと笑う彼の笑顔が眩しい。

「だって、ほとんどのことは、初芽ちゃんが初めてなんだから」

初芽が瞬きをして、目と顔を横に逸らすと、彼の手が自分の方へと引き戻す。

「なんでそんな顔をするの？」

「ほとんどのことは私が初めてなんて……」

初芽はやはり信じられない気持ちになってしまう。

初は、美しい男だ。彼の周りも、同じように美しい人が多い。だからこそ、彼がその美しい人たちに囲まれながらも、恋愛に付随する行動のほとんどが初めてなんて、疑わしい。

「疑う？」

まさに初芽が思っていたことをまた見抜かれ、初芽はうつむいてしまう。

「一緒にこうやってコーヒーを飲むのも、君とだけだよ、初芽ちゃん」

ふ、と笑った彼がさらに初芽に言った。

「疑っても構わない。でも、僕は初芽ちゃんしか、好きにならない。これからもずっとだ」

頬を撫でてくる彼の大きな手は温かく、初芽を見る目は優しく熱い。

「僕にとって、一番可愛いのは初芽。わからない？　僕がどれだけ、君にキスをするとき緊張しているか」

初は長い睫毛を見せつけるように、ゆっくりと瞬きして、初芽を見る。

「今度、キスする時、心臓のあたりに手を置いてみて。僕がどれだけドキドキしているか、きっとわかる」

甘い言葉をずっと言われ続ければ、さすがに顔が赤くなってしまう。

初はそういう初芽をわかっていて、顔を覗き込んでくる。

「初芽ちゃんと付き合えて、僕がどれだけ幸せか、わかる？　できることなら、胸を割いて、君に僕の心を見せたい。そうすれば、初芽ちゃんは、どれだけ僕に愛されているか、きっとわかるよ」

彼が初芽の手を取り、自分の心臓あたりに導く。

そこは、鼓動で強く跳ねていて、早鐘を打っていた。初芽は息を詰め、彼を見る。

「わかる？　好きな人が隣にいて、これだけドキドキしている僕を」

初芽は頷き、彼の胸からそっと手を離す。

「私も、ドキドキする」

彼の手を取り、初芽も同じように、胸の中心へ導いた。

「私も、真井君と付き合えて嬉しい。好きな人と同じ気持ちで、すごく幸せ」

そう言うと、初は幸せが零れ落ちそうな感じに笑った。

少しだけ目を閉じ、大きく息を吐くと初芽の胸からそっと手を離す。

「もう、過去のことは、話さないから」

初芽は頷いて、だけど、と顔を上げた。

「最後に聞いていい？」

「いいよ」

一呼吸おいて、初芽は彼をまっすぐに見た。

「真井君の初めての人は、綺麗な人だった？」

「さぁ、どうでしょう？」

初芽が明らかにムッとした顔をしたのがわかったのか、初は笑いながら席を立ち、新たなコーヒーをマグカップに注いだ。

「私の初めての人は知ってるのに」

「そうだね。でも、どんな人かなんて、僕にとってはどうでもいいことだった」

どうでもいいなんて、と初芽は釈然としない気持ちだ。

でも、きっと綺麗な人に決まっている。

初の周りには、そういう人しかいないはずだから。

「好きだよ初芽ちゃん」

彼は惜しげもなくいつもそう言うから、釈然としない顔も、すぐに緩んでしまう。

「僕にはずっと君だけ」

ずっと、なんてまた言われてしまっては、と。今度は下唇を噛んで、変な顔になるのを耐えるしかない。

「みんなに話さないとね、真井君」

「ん？　ああ、長男長女会？」

初芽が頷くと、彼はマグカップをテーブルに置いて、再度隣に座る。

それから頬にキスをしてきて、初芽が頬を押さえて目を泳がせると、肩を抱き寄せる。

「恥ずかしいな、拗らせてたし」

そう言って笑った彼は、初芽の唇に小さくキスをした。

「私も、そうだと思うから、同じだし」

初芽は彼に笑って、大丈夫、と言ってその頬にキスをするのだった。

8

皺くちゃだった着物は、事務所が預かってクリーニングして返すということになり、事なきを得た。

それから四日後。初は、仕事のあと社長の呼び出しを受けた。

スケジュールが詰まっていて、初芽にメッセージくらいはできても、会えないもどかしさを感じていた。

「あの着物、なんであんなに皺くちゃにしたんだ。買い取りになるところだったぞ。まったく、いくらすると思ってるんだ」

牧瀬太郎が眉間に皺を寄せてそう言ったので、初は頭を下げた。

「すみませんでした」

「飯食ったあと、初芽ちゃんとヤラシイことでもしたのか?」

からかい半分でニヤニヤしながら言ってきたので、初は真顔で頷いた。

「そうだけど。クリーニング、ありがとうございます」

もう一度頭を下げて、初はソファーに座った。

「……借り物でするな」

「反省しています」

はぁ、とあからさまに息を吐いた太郎は、初の隣に座った。

「手を出すの、早いんじゃないか？　あんな清純そうな子だし、大丈夫だったか？」

「仕事の話、ではなかったんですか？　社長」

初は眉を顰め、太郎から距離を取るため、少し横に移動した。そんな話をするために呼ばれたのなら、今すぐ帰りたい。

すると太郎は肩を竦め、手にしていた書類を見せてきた。女性のプロフィールで、初のよく知っている人だった。なにせ、彼女は――。

「生島彩夏（いくしまあやか）……彼女がどうしたの？」

「うん……離婚したのは知ってるだろ？　彼女、またウチに移籍してくることになったから」

元モデルで初と同じ事務所だったが、俳優としての活動が多くなり、その方面のプロモーション力の高い事務所に移籍した。四年前結婚したのだが、数ヶ月前に夫の浮気で離婚し、子供が一人いるはずだ。

現在三十歳の人気俳優として、各局のドラマでも主役を張るくらい有名だ。

「今は俳優なのに、どうして？」

「ウチも少しずつ歌手や俳優を入れてるだろ。まぁ、プロモーションはそんなに上手い方ではないが……モデルの仕事もまたやりたいみたいでな。彼女くらい売れていたら、何とかなるだろうし、今後の道も開けるかもしれない」

フッと笑った太郎は、彼もまたモデルだったのもあり、それなりにカッコイイ。

でも、今はやはり社長だ。会社の利益を上げるのが、彼の仕事でもある。

「そっか……今後会うかも、ということを言いたかったんだ？」

「そうだな。まぁ、わかってくれたら嬉しいよ」

初は瞬きをして、書類にあるプロフィールを見る。

彼女が俳優の仕事を完全に辞めない以上、わざわざモデル事務所に移籍する必要はない。元夫と同じ会社だったから、気まずくて移籍するのかもしれないが――。

「社長が受け入れたんでしょう？　だったら、僕が何か言うことはないですよ」

「それがさ、初がいるから移籍したいって言ってきたんだよ。でも、彼女はウチの強みになると思ったから引き受けた」

自分がいるから移籍したいなんて。

最後に会ったのは初が大学を卒業する少し前だった。初は一度、事務所を退社し、一般人になった。その頃に彼女も、女優としてプロモーション力がある事務所に移籍した。

「僕と何かしたいことでもあるわけ?」

あからさまに顔を顰め、はぁ、と息を吐きながら言うと、太郎も大きくため息をついた。

「……何とも言えないが、悪いな、初」

「十年以上前のことを、喋るようなことはしないと思う。彼女だって、今は有名女優だ。子供もいるし、破滅しない方がいいだろうから」

初は再び大きく息を吐きだし、書類をテーブルに置いた。それから太郎をまっすぐに見つめる。

「太郎さん」

「ん? な、なんだ? なんか俺に言いたいことがあったら何でも聞くぞ……うん」

社長、ではなく、太郎さん、と呼んだことで身構えたのが可笑しくて、初は笑ってしまった。

「太郎さんはいいよ。でも、彼女に言っておいて」

笑みを浮かべたまま、過日、彼女と出会い、別れた日を思う。それから彼女に対し今まで胸にあった心情を口にする。

「今のあなたと僕は無関係の他人です、近づかないでくださいって」

いずれは、絶対に初芽と恋人関係になると思っていた。

今はその思いが叶って、好きな人と愛し合う喜びを知れた。

あの頃、いろんな思いを抱えながら悶々と過ごした時期を慰めてくれたことに、ある程度感謝はしている。でも相手がどう思っていようと、初にとっては過去の人だ。思い出すこともないし、関わる気もない。

「……なかなか……言い辛いことだな」

「太郎さんが言える時でいい。でも後輩には、あまり僕みたいな青春は送って欲しくないな」

そこで一呼吸おいて、再度口を開く。

「好きな人がいれば、なおさら……ただ、あの時は、どうしようもなかったから。今はもう、大丈夫だよ」

眉間に皺を寄せる太郎を見て、初は笑ってみせた。

「じゃあ、もう話は終わりでいい？」

「……うん、いや、終わりじゃないぞ。これからが本題だ。、彩夏と『休日の恋人』っていうコンセプトでの撮影依頼が来てる。美男美女だからってゴリ押しされてな……売り出し中のうちの新人モデルも雑誌に出してくれるらしいし、受けようと思ってる」

「は？」

思わず、低い声が出てしまった。

そういえば牧瀬太郎はめちゃくちゃ合理主義な人だった。

それを忘れていたな、と初は天を仰ぎ、目を閉じた。

「頼むよ、仕事だ」

「――断ります。無理です」

そう言って立ち上がると、初、と慌てたように太郎も立ち上がる。

「ねえ社長。仕事を選んでも許される程度には、僕は売れてますよね？」

「う……だな」

「この案件、みずほさんに怒られない？　どう考えてもスキャンダルの火種でしょ」

ああ、と呻いて顔を覆いながら座る太郎を見て、何も言ってないんだとわかった。先方の提示した条件がよほどよかったんだろう。

「じゃあ、代役でよろしく」

「………はい」

初はそのまま社長室を後にすると、思いっきり息を吐き出した。

会社の利益のためには、彼の言うとおりにした方がいいのかもしれない。その分ギャラだって出るし、これからのことを考えれば、もらえるだけもらっておいた方がいいだろう。

けれど、相手が悪い。

「過去に言い寄られた相手と、仕事なんてできるわけがない」

そしてやっぱり思い出すのは初芽の顔。

自分が重い思いを抱えていることは自覚している。これからもきっとそうだろう。

「はぁ～……、また抱きたい。一緒に居たい」

ああバカだな、と自分で思いながら事務所のビルを出る。

とりあえずスマホを出して、初芽に次はいつ会えるのかとメッセージを送るのだった。

☆

初芽は仕事をしながら、ずっとやっているのに一向に終わらない、と肩を落としていた。

ちょっと仕事を詰め込みすぎたことを自覚する。そこへスマホの着信音がした。

『おはよう。今度はいつ会える？』

その短いメッセージを見た時、こういうのをキュンとすると言うのだ、と自覚した。だって、心臓が期待と嬉しさとドキドキで跳ね上がったから。

けれど、しばらく仕事が滞っているので会えないと返事をして、また連絡すると言い添えた。

それが一昨日のことなのに、いったい何を考えているのか。

肩を落として紅茶を飲む。仕事に集中していない時、自然と初と過ごした日を思い出してしまう。

着乱れた着物の初は、これ以上ないくらい色っぽく、そしてエロかった。

チラリと見た足元は足袋を履いたままだった。胸元が着崩れていて、裾は大きく開いていた。片足を立てている姿はなんだかそういう、イケナイ真井初の画像を見ているみたいだった。

彼と繋がっているところは、ありえないほど濡れ、足が勝手に縮まって、お腹の底は心臓のように脈打って……。

「ああーーーっ、もう！」

少し大きな声を出して首を振る。

仕事はたくさんあるのに、ずっとこれだ。そして、思い出すたびに下腹部から彼と繋がっていた部分にかけて、なんだか熱く変になってしまう。

脚をキュッと閉じ、スカートを握りしめる。

「着物の真井君、素敵だった。そしてエッチだった……これは欲求不満なの?」

ゴン、と音を立てながら机に額を付ける。

何をそんなにずっと考えてしまうんだろうと思うのに、大好きな初との交接した感覚ばかり思い出してしまう。

こんなこと今までなかった。これが気持ちを伴うということなのだろうか。

けれど、ここまで性的な交わりを望んでしまう自分は、今までいなかった。

少し睡眠時間が短いせいかもしれないけれど、いくら考えても答えは初芽の中では出なかった。

「私、きっとおかしいんだ……」

カレンダーを見ると、まだ彼と会ってから四日しかたっていない。

毎朝、簡単な挨拶がメッセージで入り、その返事をする。連絡を取り合っていないわけではない。

「たった四日なのに、こんなに身体が……」

気を取り直して画面を見ても、なんだか集中できない。

別に仕事が遅れているわけではないけれど、何をしていても初が頭から離れないのだ。

初芽はとにかく深呼吸をし、立ち上がった。マグカップの中も空になっているので、新しい紅茶を淹れなければならない。それに、なんかお菓子でも、とキッチンへ向かう。

熱い紅茶を淹れ、はちみつをたっぷり入れてかき混ぜる。

やけどに気を付けながら一口飲み、大きく息を吐き出すと、スマホが音を立てた。メッセージの着信を知らせる音で、マグカップを片手にデスクへ戻る。また初からのメッセージだった。

『僕は明日オフだけど、初芽ちゃんは？　仕事が忙しくなかったら、会いたいと思って。銀色のいつも着けてる髪留め、忘れてたから持って行こうかと思ってる』

「忘れてたんだ……」

実は結構気に入っている花モチーフの銀色の髪留めは、一目惚れして数年前に買ったものだ。好きだからいつも着けていたのだが、彼と一晩過ごした日に失くしたのかと思っていた。

もしかして忘れていないか初に聞けばよかったけれど、ずっと初のことを考えていたし、なんだか照れてしまい電話もかけなかった。

それから一度深呼吸をして、返事をする。

「『また取りに行きます。仕事、少し忙しいから、明日はごめんなさい』……送信……と」

誰かに相談したいと思っても、そもそも友達も少ないし、恥ずかしくて言えない。

でも、甘めの紅茶を飲んだらちょっと落ち着いてきた。

「そもそも、あんなに苦痛だったのが、なんで……真井君だとこうなるの……？」

目を閉じて大きく息を吐くと、立て続けにメッセージ音が鳴り、画面を見る。

『初芽ちゃん、久しぶり。たぶん初芽ちゃんの家の近くにいるんだけど、行ってもいい？』

こちらは加藤初美からのメッセージ。

『了解。また会える時があったら教えてください』

初からのメッセージを見て、会えないことはなかったけど、と少し後悔する。

初には了解しました、というスタンプを送信し、初美にはいいよ、という内容のメッセージを返す。彼女は初めて初芽のマンションに来るので、迎えに行くとメッセージを送ると、初美は居場所を教えてくれた。

今回のマンションは駅からも近く、本当に便利だ。

一乃よりかなり久しぶりに会う初美が、初芽を見つけて笑みを浮かべ、手を振るのが見えた。大学は初芽だけ違うのだが、長男長女会のメンバーとして長く仲良くしている友達だ。

手土産を持ってきてくれていた彼女に、紅茶でいいか聞きながらマンションへ向かった。

「初芽ちゃんのマンション、キレイ！」

「建物はそんなに新しくないけど、リノベーションをしてるらしくて。結構イイ感じの所見つけたな、って思ってる」

そう言いながら初芽は飲みかけがあるので、初美の分の紅茶を用意した。

テーブルに持っていくと、ありがとう、と言って初美はカップを受け取った。カップをテーブルに置き、バッグから封筒を取り出した。

「本当は郵便で出した方がいいと思ったんだけど、できれば直接手渡したくて。結婚式は、両親と兄弟と長男長女会のメンバーだけを招待するって決めてたし。地味婚だけどね。私あまり盛大にするのも苦手で……」

初美が照れたように笑いながら、八坂初芽様と書いてある封筒を差し出した。

「神前式をしたあとは、カジュアルレストランでドレス着て、食事会。結婚式から来てもらえますか、初芽ちゃん」

封筒を受け取ると裏側には宝井一真、加藤初美、と書いてあり初芽はただ笑みを浮かべた。

「おめでとう！　絶対に行く！」

「わぁ……ありがとう！　初芽ちゃんには絶対に来て欲しかったの！　だって、私たちの大事な癒しの女の子だしー！」

初芽が早速封筒を開くと、中にはピンク色で、可愛い箔押しデザインの招待状が入っていた。

返信用の葉書も入っていて、宝井家、加藤家、と書いてある幸せそうな感じが、とてもよかった。

「結婚式……一年前、会社の後輩の子が結婚した時以来だな……何着て行こうかな」

「初芽ちゃんだったら可愛いから何でも似合いそう！　昨日、一乃と一世君には手渡ししてきた。初君にも昨日、一真が手渡ししてると思う」

「そっか……」

初の名前が出てドキッとしてしまった。

さっき彼の誘いを断ってしまったのもあり、名前を聞くと心臓が跳ね上がってしまう。

そんな初芽の様子に気付いているのかいないのか、初美が遠慮がちに口を開いた。

「それでね……昨日の夜、一真が初君から聞いたんだけど。初芽ちゃんと初君、付き合い始めたって……」

手土産のケーキを皿に出しているところでそう聞かれ、初芽は目を泳がせた。

とりあえず、初美の前にケーキとフォークを置いたのだが、彼女は顔を覗き込んでくる。

「うん……まぁ、そうなってる」

「そうなんだ……なんだかよかった！」

嬉しそうに言った初美は早速とばかりに紅茶を飲み、フォークを手に取ってケーキを食べ始めた。

「一真がね、初芽ちゃんの髪留めが床に落ちてるの見つけて。そんなの不自然だから問い詰めたら、初芽ちゃんと、って教えてくれたんだって！　……初君の片思い、実って良かったー！」

本当は片思いじゃなくて、ずっと両想いだったけれど。

手が届かない存在だと思ってきた期間が長すぎて、結果すごく時間がかかってしまったけれど、初美の言う通り、良かったと思っている。

「初君の家にお泊まりしたんだね。髪留め落としてなかったら気付かなかったかも」

ふふ、と笑った初美の笑顔に、なんだかとても恥ずかしくなり顔が赤くなるのがわかる。

「それは、そうだけど……本当は、みんなが集まった時に、言おう、って思ってて」

なんで髪留め落としちゃったんだ、と思いながら顔を覆う。

「ごめんね……でも、昨日一乃たちと会った時点では知らなかったから言ってない。プライベートなことだし。ただ……なんか、長男長女会、カップル成立率百パーセントになったね」

そう言ってまた笑みを浮かべる初美に、初芽もまた笑みを返す。

「いいなぁ、付き合いたて……まぁ、私が会いたい方だからこう思うのかもだけど……一番一緒に居たいと思う時期じゃない？　初君はもともと、初芽ちゃんと会いたい人だったけど……あ、ケーキ食べてね」

「うん、ありがとう」

もともと会いたい人だった、と聞いて初美を驚いた顔で見てしまった。

「そう、だっけ？」

初芽がそう言うと、初美は頷いた。

「……うん、私は見ててそう思ってた。初君は、芸能人だったから、自由恋愛ってできなかっただろうし……初芽ちゃんは、ちょっと鈍感だったし」

鈍感なのは確かに間違いないけれど、初はそんな風に見えなかった。

というか、見えなかったのはもしかしたら初芽だけなのかも、と考えてしまう。

「結婚を決めて、なんで一真のことを好きになったのか、思い出すことがあって。一番イケメンは初君で、頭も良いし、大人でしっかりしてるし。初めて会った時なんか、目の前に真井初がいて目が潰れるかと思うくらい、ドキドキしたんだけどね」

そこで一度言葉を切って初芽を見る。

「一真はなんか静かだけどきちんと社交的で、気遣いができていいなぁ、って思ったんだよね。きっかけは、初芽ちゃんだったんだよ」

「え？　私？」

うんそう、と言った初美は紅茶のカップを手に取り、どこか幸せそうな目で話し始める。

「初芽ちゃんがいつも、宝井君ありがとう、って言うの。だから、なんで？　って聞いたら、宝井君がいつも一人一人を気遣ってくれてるから、って。だから、きちんとそういう目で見ると、潤滑剤みたいな？」

確かに、いつもなんだかんだ、間に入ってくれるような空気を読める人で、いつもありがとう、って思っていた。初芽の教材や荷物が多くて肩が痛くなっていた時、持ってくれたことがある。

大学が違うから、みんながいる大学の近くへ行くことが多かったけれど、とても優しい人だとずっと思っていた。

「初君がいろいろと一世君から聞かれすぎてると、間に入るし……一乃が困ってると助けるし。私も、暑い夏の日に、麦茶貰ったり……結構イケメンで、素敵だな、って。もうそこからは、好きーってなって……毎日会いたくて、一緒に居たかったなぁ……あ、今でもそうだけど」

ふふっ、と笑う初美が可愛いと思う。

一乃はちょっと直球で元気ではっきりしている。初美は明るいけれど話し方も穏やか。二人に共通するのは優しい人だということ。そして美人だということだ。

「初美ちゃん、宝井君に、毎日会いたいって思う？」

初芽が聞くと、初美が頷いた。

「思うよ。でも今は一緒に住んでるし、明日入籍するんだ。一真の誕生日でもあるし、素敵なホテルで一泊することになってる」

はにかみながら言う初美の、幸せそうな表情を見て、眩しさに目を細めた。

自分は初に会いたいと思っていいのだろうか。いや、どちらかというと、身体的欲求が起きていることが変に思ってしまうわけで。

「素敵だね」

「ありがとう。初芽ちゃんも……っていうか、なんかすごいな……」

「ん？」

初芽が首を傾げると、初美が頭を掻いた。

「……雑誌見たんだけど、初君のセミヌード？　一真と、まぁ、そういう写真だろうけど色気半端ないね、って。一真も凝視してたし……髪留め忘れるってことは……と思って」

意味ありげな言い回しと目線に、初芽は何度も瞬きして、少し目を見開いた。

「ごめん、そんな顔をさせるつもりはなくて。ただ……変にならない？　男だって魅入られちゃうくらい初君は魅力的だし……私の例で言うと、一真とそういうことになったときは、ヤバくて……」

男だって魅入られちゃう、と言った初美の気持ちはわからなくない。

これは、初美に相談できるフラグが立っているのだろうか。初は、ものすごく綺麗で色っぽくて額に浮かぶ汗も、手を伸ばして触れたくなるほどだった。

「……なにが、ヤバかったの？」

聞くのはイケナイことかもと思いながら、普通に聞いてしまっていた。

こういうのは、今まで避けて通ってきた道なのに、と初芽は内心後悔しながらも聞きたい気持ちがあった。

「うん、まぁ、毎日いろいろ思い出して……付き合いたては特に、そうだったから、私が。困らせてはなかったけど、毎日なんか……会って、いろいろ」

初美は、あはは、と笑いながら少し顔を赤くして恥ずかしそうにした。

「してるよね……初君と」

聞かれ、眉を寄せ、目を泳がせる。それからうつむいて、目を閉じた。

「ああ……」

初芽は唸るしかできなくて、そのままテーブルに額をゴン、と付けてしまっていた。

気に入っている髪留めを外すようなことなんて、付き合っているとわかってしまったら、なんとなく想像がつくに決まっている。

「初芽ちゃん恋愛に興味なさそうにしてたし、触れたことないけど……会いたい時は会った方がいいよ？　だって、別にいいと思うんだよね。好きな人と毎日会っても、何をしても」

初芽が顔を上げると、初美はにこりと笑った。

「だって、こう、なんか胸の中がグルグルしてしまって、それが解消できるとしたら良いことだと思うし。そういう女性の過敏な心に優しく寄り添ってもいいと思うんだよね、男の人は。一真はそういう人だった。初芽ちゃんが、いつも宝井君ありがとう、って言うくらい素敵な人だった」

別に、意識していたわけではないのに、初美はそういうところを見ていたのだろう。でも、それがきっかけで二人は恋に落ちた。

穏やかで優しい初美だから、一真も一緒に居るのだと思う。

「初芽ちゃんがいてくれたから、私は素敵な人と会えた。ありがとう、初芽ちゃん」

礼を言われるようなことなんてしていないのに。

なんだか、少しだけ今日の気持ちに整理がついたような気がした。

「そろそろ行くね、実はこのあと依頼者のお宅に訪問する予定があって。これからしばらく、さっき言ったような女性の過敏な心に寄り添っていかなきゃいけないんだ。明日のためにちゃんとやっておかないと」

初美は弁護士だ。

一真と初美は、初が弁護士になると言った時にとても驚いた。

そして、初がモデルに戻る時は、驚かなかった。

なんでと聞いたら、真井初だからと二人は言った。その答えに、しっくり来たのを覚えている。

「ありがとう、来てくれて。気を付けてね、初美ちゃん……道分かる？」

「駅すぐそこでしょ？　大丈夫。じゃあ、またね、初芽ちゃん」

「うん、じゃあまた」

玄関で見送って、ドアを閉めた。

長男長女会の人は、何かと初芽を助けてくれる。好きだと言ってくれて、引き上げてくれる。

感謝しているのに、どうして距離を取ろうと思ったのだろう。

『いつか、何かがあって集まることができなくなる時があるかもしれない。でも、そうなる前は、定期的に会って、楽しい時を過ごそう』

一世がそう言った時、みんなで頷き合った。

「私ってバカだな……みんな素敵な人なのに」

初芽はスマホを手に取った。

そして、大きく息を吐いて初へメッセージを送る。

「ごめんなさい。本当は、今日にでも会いたかったんだけど、思うところがあって、会わないって言ってしまいました。本当は、会いたいです」

口に出しながらメッセージを打ち、送信する。

「変でもいいのかな……バカみたいでも、いいのかな……」

初めての彼では経験しなかった。そもそも、好きだと言われたから付き合っただけと言えばそうだ。初芽はものすごく軽率だった。

けれど、今は本当に好きな人と付き合っている。

相手はすごく有名な人だけど、きちんと初芽のことを考えてくれる、良い人だ。

高校生の頃からずっと好きだった人。

手にしていたスマホが着信音を立てる。相手は初だった。

初芽は自分の好きな人がこんなにすぐに電話をかけてきてくれることに幸せを感じながら、通話ボタンを押すのだった。

9

四日ぶりに聞いた初の声は、相変わらず低くて良い声で、ただそれだけで初芽の心と身体はまたおかしくなってしまった。

仕事をしているから午後八時を過ぎると言ったので、仕事の合間にシャワーを済ませて、簡単な食事を作って初を待つことにした。

「こんなに、落ち着かなく待ってるなんて、私やっぱり変かも……」

キュッと目を閉じ、大きく息を吐く。

和食だったら気を使わないでいいだろう、と最後に鮭を焼いて、皿に載せた。

米麴のスープ、筑前煮風の煮物、焼き鮭、ご飯、というメニューが出来上がった。

「よし！」

ご飯ができた時間は八時過ぎだから冷めないうちに来てくれると思う。

そう考えながら深呼吸をした時にエントランスのインターホンが鳴った。

食事を作るときに纏めた髪と、がっつりパジャマのままだったが、着替える暇はない。

とりあえずエントランスを開け、テーブルにできたばかりの料理を運んだ。

そうしているうちに玄関のインターホンが鳴ったので、慌てて出ると、そこにはまるで写真から抜け出てきたようなモデルの真井初がいてびっくりした。

「こんばんは、初芽ちゃん。……なんかいい匂い」

フッと笑った彼に小さく頷いて、どうぞ、と言った。

「なんか、モデルな真井君だね」

ベージュのジャケットと白いシンプルなシャツ。ウエストの部分にデザイン性のある、ジャケットより濃い色合いのスラックスを着ていた。

しかもとてもいい匂いがしていて、初芽は少し目を見張り、口をつぐんでしまう。

もしかしたら、料理の匂いが付いたらダメな服ではないだろうか。

「今日はちゃんと着替え持ってきた。泊まっていいよね？」

初芽が瞬きすると、彼は首を少し傾げ、目を曇らせる。

「だめだった？」

「ううん！　大丈夫……真井君からすごく良い匂いするから……いつものことだけど……ご飯の匂いが付くかもだから心配で」

泊まっていいとちゃんと返事をする。

そしてこの前の着物みたいなことにならないのなら、それでいい。

けれど、泊まるということは、と心臓がドキドキしてしまう。

「この服は貰ってきたから大丈夫。似合う？」

クスッと笑った彼は、手にした荷物を置いて、まっすぐに立ってみせた。さすがに姿勢が良くて、服が映える。

なので初芽は、はっきり頷いた。

「すごく似合ってる、カッコイイ。髪の毛も綺麗にセットされてるし、素敵」

変なことを言ったかも、と初芽は彼を見る。一度瞬きをした初は、少しだけ笑って、初芽の身体を抱き寄せた。

「初芽ちゃんもいい匂いがする」

彼の大きな手が、背中の中心を撫でる。

「……っ」

身体が、ドクン、と脈打つ。

目を閉じ、小さく息を吐く。

これでは仕事中に、彼との行為を思い出していた時と同じだ。ご飯を作ったし、食べてもらいたいと思っている。

なのに、初芽の身体はすでに熱っぽく火照りはじめていた。

「真井君……」

「ん？」

少し身体を離した彼は、初芽の顔を覗き込む。

きっと赤くなっているだろうと思うが、やっぱりそうだったようで、彼がじっと見てくる。

「わ、私……変で。仕事でパソコンを目の前にしても、真井君を思い出してしまって。着物着てた真井君の乱れた姿とか、足袋を履いていた足とか……。し、仕事はちゃんと今日の分は終わらせたけど……」

彼の手が前髪をかき分け、額にキスをする。

「嬉しいな」

初が笑顔でまた初芽を抱きしめる。

「僕はずっとそうやって思い出してるから、一緒で嬉しい」

初の身体は温かい。それに、彼の心臓の動きが服越しに伝わってくる。

「……こんなの初めてで、びっくりして……っか、感触、思い出したりとか……」

初芽が顔を真っ赤にして言うと、大きな手が頬を包む。

「仕事、忙しい？」

「少しだけ……」

「明日は休んで大丈夫？」

初の親指が、初芽の唇を撫でる。

「たぶん、大丈夫。……でも、あの……」

初のために夜ご飯を作ったのに、食べてもらおうと思っていたのに。

「真井君、が……お腹空いてると思って、ご飯を……」

「うん、いい匂いしてる。和食かな？」

小さく頷くと、彼の指先が耳の後ろを撫でる。彼を見上げると少しだけ伏せた目の睫毛の長さが、なんだか初芽の胸を詰まらせる。

「初芽ちゃんが先でもいい？」

色気がすごすぎて、初芽は思わず目を泳がせる。

まるで、ご飯かお風呂か私か、みたいなベタな感じになっているのに気付いて、初芽は小さく笑った。けれど余裕があって笑ったわけではなく、気を紛らわせるためだった。

そうしないと、どうしても心臓がバクバクしてしまい、どうしたらいいかわからないから。

「そんなの……なんか……」

「初芽」

初の手が初芽の顎を持ち上げる。

息を呑み込むと、喉のあたりを彼の唇が軽く食んだ。

小さく水音を立てて唇を離すと、今度は小さなキスをする。

「初芽ちゃんを先にいただくよ」

そう言って初芽を抱き上げた彼は迷いなく寝室へ向かった。

ベッドに下ろされると、彼はすぐに上着を脱ぎ、シャツをスラックスから引っ張り出しながらベッドに乗る。

「でも、うち、コンドーム置いてない」

そう言って下唇を噛むと、彼は可笑しそうに笑った。

「大丈夫、持ってるから」

スラックスのポケットから、取り出した四角のパッケージを枕元に置いた。

「今日はゆっくりしようか。お互い感じられるように」

初は初芽の身体に覆い被さり、そのまま横抱きにする。

抱きしめられ、首筋に唇を這わせられる。

初の綺麗な顔がものすごく間近にあって、少しだけ目を見開いてしまう。

「目、見開いてる」

また可笑しそうに笑った彼を見ると余計に、目が離せなくなる。

「だって……」

しょうがないだろう、と思っていると初が初芽の目蓋にキスをした。

「いくらでも見ていいよ。この顔も身体も、初芽のものだから」

初芽の手を取り、自身の頬に導き、目を見ながら手のひらにキスをする。

「君が好きだ」

そう言って初芽の髪を纏めているヘアクリップを取り、パジャマのボタンに手を掛ける。

鎖骨に顔を埋められ、心臓がこれ以上ないほど高鳴っていく。

初芽は小さく声を上げ、彼を抱きしめるのだった。

☆

「お腹空いてたから、すごく美味しい」

目の前で初芽が作った料理をパクパク食べる初を見ながら、自分もまたとてもお腹が空いていたのに気付かされ、一緒に食事をとっていた。

時間はもう午後十一時を四十分過ぎている。

実は昼間、仕事をしながら居眠りをしたので、そんなに眠くはないけれど。でも、こんな時間にご飯を食べるのは経験がない。

「初芽ちゃんの手料理初めてだ。上手だね」

嬉しそうに笑った綺麗な顔。

口を開けて鮭を食べるその姿を見て、初芽は少しだけ下唇を嚙む。

『初芽ちゃん、気持ちよさそうだ……蕩けてるけど、もう少し舐める?』

今日は二度シャワーを浴びた。

汗をかいたし、下半身は受けた愛撫で濡れていたからだ。先に初が、それから手早く初芽もシャワーを浴び、食事を温め直して、二人で食べているというわけだ。

着替えを持ってきていると言った彼は上下そろいのスウェット姿。明日の服も持ってきているらしい。用意がいいな、と思いながら彼を見る。

初芽の秘めた部分を舐めていた彼の薄くも綺麗な形の唇が、食事をとるのを見てしまう。

時々唇の端を舐めるたびに小さく出てくる舌を見ると、初芽はなんだかドキドキがおさまらず、すぐには食事が進まない。

あの口が、初芽のいたるところに這わせられた感触も、覚えている。

「食べないの？」

「や、食べたい、けど……」

「けど？　なに？」

にこりと笑う、先ほどまでの淫靡な雰囲気とは違う初の笑みが、胸を騒がせる。

「余韻が残ってるだけ……ちゃんと食べる。お腹空いてるし」

そう、初芽もすごくお腹がペコペコなのだ。

夜ご飯を食べずに一時間以上も抱き合っていれば、体力も消耗する。

「可愛いな……ご飯のあと、またする？」

鼻でふふ、と笑った彼は当たり前のように可愛いと言い、もう一度するかを聞いてくる。

こういうのって普通なのかな、と思いながら、初芽は顔を赤らめるしかない。

「そ、それは……」

「したかったらいつでも言って」

すごいことを言ってくる。

初はもともと優しい人だったけれど、こんなに付き合っている人に甘いなんて思わなかった。顔が整っているし、きっと初芽じゃなくても誰だってドキドキするだろう。

とりあえず、初芽はご飯を食べ、スープを飲む。

「このスープ具沢山で美味しい。優しい味するし……味付けはなに？」

「それは塩麴と出汁だけで味付けをしていて。結構気に入って最近はよく作ってる」

「そうなんだ。身体に良さそう」

彼もまたそう言ってスープを飲み、中の具を食べる。

初のファンはとても多い。彼がモデルに復帰した時、ＳＮＳではかなりバズったので有名だ。そんな彼が美味しいと言ってご飯を食べているこの時を、独り占めできている初芽は贅沢だ。

だから、行為の最中くらい、少しは彼に返した方が良かったのかもしれないと思ってしまう。

「そもそも、ああいうの、積極的にできなくて。私みたいなのをマグロって言うって……言われたことがあるし」

ただ初から与えられる行為を、受けるために横たわり、善がっただけ。

園田の時は、何もしないし、顔を顰めていたからいろいろと言われたことを思い出してしまった。しかし、こんなことを初の前で話すのは、ダメなのだとすぐに気付く。

「あ……変なこと言ってごめんなさい」

初芽はバカだ。

ずっと好きで、やっと恋人になった初の前で、元彼との経験を話すのはマナー違反。

「もっと私からも何か、した方がいいと、思っただけで」

初芽はしどろもどろに言い訳をしつつ、下を向く。言動は気を付けなければならない。

そう思っていても、どうして口からこんな言葉が出てしまうのかと悔やむ。

「初芽ちゃんは何もしないで寝てていいよ」

「え?」

食事を飲み込んだ彼は、初芽の顎を指先で軽くつかんで、顔を上げさせた。

「君が積極的じゃなくても僕が積極的に動いて、すごく気持ちいいセックスをしているので、大丈夫です」

にこりと笑った、本来なら写真でしか見ることができない顔に、眩しくて瞬きをする。

同時に、初芽は顔を赤くした。彼が初芽の身体で達しているので、ちゃんと良くなっているのはわかる。けれど、すごく気持ちいい、なんて言われるとどういう反応をしていいかわからない。

「お代わり、いいかな?」

初芽の顎から指先を引き、茶碗を手に取って、同じ笑顔。

「うん……どれくらい？」

「さっきと同じくらい。実は昼もそんなに食べてなくて」

初芽は頷いて、赤い顔を冷ますように一度息を吐いて、立ち上がる。

ご飯をよそって、初の前に置くと、早速とばかりに頬張った。

「そんなに食べて、大丈夫？」

「うん、今日は特に栄養バランス取れてるし。あまり太らないしね、食べても」

高校の時からそう言っていたな、と思い出す。確かに彼は、あまり食べていないと痩せていた。

羨ましいと一乃がずっと言っていたし、初芽もそう思っていた。

「さっきの話だけど、初芽ちゃんが僕にいろいろしたかったらしていいよ」

初芽は鮭の身を箸でほぐしながら、目を泳がせてしまう。いろいろってなんだろう、と頭を巡らせ、それこそいろんな行為が浮かんだ。

「真井君は、何かして欲しいの？」

鮭とご飯を口に運び、食べながら彼を見る。

「んー、特にはないよ」

「す、好きな……行為とか」

初芽にしては攻めて聞いてみた。すると初は、箸を唇から離し、少し声に出して笑った。

「そうだな……キスが一番好きかな」

ご飯を口に運んで、スープを飲んで、と食べる様子も彼は綺麗で上品だ。芸能人であるのだから、マナーなどの教育も受けたかもしれない。

高校生の頃から手の届かない男の子で、それから手の届かない男性になり、こんな風に時間を過ごすようになるとは思わなかった。

「キスだったら、私でも積極的にできる、かも」

そもそも、男女の付き合いというものが、どういう感じかちゃんとわかっていない。

でも、初にキスを自分からするのだったら、ドキドキしてもできるだろう。こういうことの積み重ねが、恋人らしさになるのかもしれない。

「そう……寝る前が楽しみだな」

「え!?」

彼は可笑しそうに笑って、箸を置いた。

初芽の作ったご飯を完食し、ごちそうさまでした、と言った。

しかし初芽はまだちょっとだけ残っていて、急いで食べて、片付けをしようとした。

「僕がやるから、初芽ちゃん歯磨きでもしてきて。もう寝るでしょ?」

「あ、うん」

言われた通り、初が食べたあとの食器を手際よく洗い、初芽は歯磨きをしに浴室にある洗面台へ行った。

寝る前が楽しみ、と言った彼の言葉が耳に残り、念入りに歯磨きをしてしまう。

でも、寝室のシーツを少し整えないと、と考えつつ歯磨きを終えると、初が浴室へと入ってくる。

「歯磨きしたらベッドに行くね」

そう言ってにこりと笑ったので、頷いて、寝乱れているだろう寝室へ向かう。

ある程度布団は整えたけど、とふとゴミ箱に目を移すと、ティッシュとコンドームのパッケージが目に入った。まだ使っていないのが一つあって、それはベッドサイドの小さなテーブルに置いている、本の上にあった。

「な、何回、したっけ……」

片付けておこう、と袋を縛って、キッチンの横に置いてあるメインの大きなゴミ箱に捨てた。それから寝室のゴミ箱に袋をセッティングしていると、歯磨きを終えた初が出てくる。

「ゴミ、ごめん」

「う、ううん、大丈夫」

ゴミ箱を持って寝室へ行って、元の場所へ置く。

寝室は全然散らかっておらず、片付いていた。彼が脱いだ服は、きちんと彼が自分でハンガーにかけている。

もちろん直後は脱ぎ散らかしていたけれど、その様子もなんだか、全然嫌だなんて思わなかった。

心情的にすごく違う。好きな人はこんなにも特別なのだ。

自分の身に起きたことに対し、園田を責める自分がいないわけではない。けれど、園田のことを好きではなかったことを思うと、初芽もまた園田に嫌な思いをさせていたのかもしれない。

「初芽ちゃん？」

どうした、という顔をしている初を見て、笑みを向ける。過去のことを考えている場合じゃなかった。

「もう遅いし、ご飯食べたばかりだけど、寝ようか」

初芽が言うと、頷いた初はじっと見つめてくる。

「真井君、どうかした?」

「いや、どっちで寝る? 壁側? 下りる方側?」

どっちで、とは考えていなかった。初芽が思案していると、彼はフッと笑った。

「じゃあ、壁側で寝ていい? 僕の方がデカいし」

「あ、うん」

先にベッドに入った初を見て、サイドテーブルのランプを付け、寝室の電気を消す。

初芽は彼に背を向け横になった。

ランプを消そうとすると、目に入ったのは先ほどの未使用のコンドーム。

「真井君」

「ん?」

カサッと音を立てて避妊具を手に取り、寝返りを打って彼の方を向く。

「これは、どこで買ってるの?」

あ、と何か言いたげな顔をした初に首を傾げると、いつも通り笑みを浮かべる。

「……フランスの、ホテルの自動販売機」

「フランスへ行かなきゃ、ないの?」

外国に行ったことがない初芽は、外国はホテルの自動販売機で売ってるんだ、と思いながらパッケージを見た。さすがに進んでいると感じる。

そんな初芽が可笑しいのか、クスッと笑った初は、初芽の手から避妊具をスッと取った。

「どうしてそんなことを？」

「……私の家にも、置いておこうかと、思って」

目を伏せた初を見て、変なことを言ったのかもしれないと、初芽は口を開く。

「好きな、メーカーかな、って。真井君がこれからも、私の家に来てくれるのなら、同じものを置いておこうかと……ちょっと、思っただけだから」

言ったあと、何言ってるんだと内心頭を抱える。

まだ付き合ってそんなにたっていないのに、初はどう思っただろうか。初芽の家に来たからと言って毎回、避妊具を使うことをするとは限らないのに。

心の中でため息をついている初芽の髪の毛に手を入れ、彼は一度目を閉じてゆっくりと息を吐く。

「フランスへ行ったのは、二ヶ月くらい前だけど……なんで買ったか、聞かないの？」

二ヶ月前は、初と付き合っていなかった。きっと初は最近、外国へ行っていないと思う。だから、要するにその時に必要だと思ったから、購入したものだと考えられた。

奥手な初芽にだって、経験がある。だから、あれだけ初芽とのセックスをリードしてくれる初に、同じことをする誰かがいることは、少し考えを巡らせれば、わかることだろう。

付き合う少し前、フランスでファッションショーに初が出ていたのは知っている。全部で三つのブランドのショーに出ると聞いていたから、たぶんそのときは二週間以上、フランスにいたはずだ。

一乃と一世の家に招待された時、一世が夜はシャンパンでも飲んでそうだと言って、ご飯を食べながら笑って話したのを覚えている。

「そこまで、私……頭が回らないから」

一度言葉を切って、唇に拳を当て、見つめる。

「二ヶ月前、こうなることを予測して、わ……私のために、買ったんだって、思っておく」

本当は、こんなこと思いたくない。けど、今はこうして初は初芽といるから、これでいい。彼がフランスのホテルでコンドームを買わなければ、今日は愛し合えなかった。

あまり深くは考えたくない、今日は初芽のために買ったことにすればいいと思う。

初芽が自分の唇から手を離し、深呼吸すると、それを見ていた彼は笑った。

それから眉間に少しだけ皺を寄せて、目を閉じた。

「真井君？」

彼の眉間に手で触れると、目を開けた彼は初芽の身体を抱き寄せる。

「嫌じゃない？」

初の腕が少しだけ震えている気がした。

嫌じゃない？　と聞かれたら嫌だという気持ちはある。

でも、初芽が好きだと思っても届かないと思っているように、多くの人が初に対してそう思っている。

そんな初だから、素敵な人がいっぱいいる世界でも、きっと同じように初を好きだと思っている人がいるだろう。

だからこそ、初芽はずっと、苦しい恋を抱えていた。でも、それは初も同じなのではないかと思う。多くは語らないけれど、ずっと初芽を好きだったというのなら、きっと同じように苦しかったはずだ。

「嫌だけど……でも平凡な私は、ずっと真井君に手が届かないと思っていて……真井君の周りには躊躇いもなく迷いもなく、真井君に手が届く、キラキラした人たちがいるわけで……」

そんな人しか、彼の周りにいないと今でも思っている。

長男長女会のメンバーも、みんな美男美女だし、初芽はその特徴から少しはみ出している。

「出会いは十五歳で早くても、私はスタートが遅くて。私は、真井君の気持ちなんてわからなくて迷って。……だからといって、何も行動は起こさなかったけど」

何を言っていいか、わからなくなってくる。

ただ、こんな素敵な真井初というスーパーモデルが、女の人を知らないなんて、そんなことないとずっと思っていた。

だけど本当は、そういう初に愛される人って、いいな、と思っていた。

「真井君の相手が、羨ましい……でも、できれば……これからは、平凡な私だけど、私だけが……いいな」

すごく大胆なことを言ったと思う。

初芽は両手で顔を覆って、それから手を外し、彼を見る。

「初芽ちゃん……」

初はゆっくりと瞬きをし、目を閉じた。

それから目を開けると、初は少しだけ泣きそうな、それでいて蕩けるような色気のある笑みを浮かべ、初芽と視線を合わせる。

彼の手が、初芽の両方の頬を覆い、顔を傾け、口付けた。

「ぁ……っん」

ゆっくりとだけど、深度を深めていくキスだった。

「好きだ……」

キスの合間に囁くように言われ、また口付けをされる。

唇が開いたら、その隙間から舌が入ってきて、ゆっくりと絡め取られる。唇をずらす隙間から息を吸い、初芽は彼の腕の下から手を回し、抱きしめた。

チュ、と水音を立て唇が離れる。少しだけ唾液が糸を引き、初が初芽の唇を指先で撫でた。

「ずっと、君だけが好きなんだ」

髪の中に手を入れて、その大きな手が軽く髪の毛を摑んだ。

「少し癖のある、ふわふわした髪の毛がこんなに柔らかいなんて知らなかった。身体も柔らかくて、いい匂いがして……君のこれからもずっと、僕一人がいいな」

にこりと笑った彼が額にキスをして、鼻先にキスをする。

「明日、寝坊していいなら、最後の一つ、使わない？」

身体が近いから、彼の鼓動も伝わってくる。

「繋がるだけでもいいから。動かなくてもいい」

そんなこと言われてしまっては、と初芽は目線を左右に動かす。腰に手が回り、身体がより隙間なく抱き合ったところで、彼の硬いものが、太腿に触れた。

身長差があるから、顔の位置が一緒だとこうなるのだと初めて知った。

断れるわけがない。

初芽だって好きだ。ずっと好きだったのだ。

それに、この初の整った顔が、官能に染まりつつあるのを目の前にして、身体が反応しないわけがない。

初芽が小さく頷くと、彼は目の前でコンドームのパッケージを噛み切った。

初の手がパジャマのズボンに入り込んで、下着の中をゆっくりと指先が這う。

「は……っあ」

下から掬い上げるように唇を奪う初に、初芽は息を詰めた。

「初芽、好きだ」

初はきっと知らないと思う。

本当に普通の一般人である初芽が、好きだと言われるたび、どれだけ幸せか。

もう過去なんて、どうでもいい、と本気で思う。

「本当に、動かない……?」

初芽が初に問うと、彼は少しだけ悪い顔をして笑う。

「ああ、約束できないかも……そんな顔をするから」

クスッと笑って口付けてくる。

初芽は彼の手練手管に、また酔わされてしまうことになり。

結局甘い声を上げ、彼の背に手を回すのだった。

10

初芽は久しぶりに元職場である出版社へ出向いていた。

それというのも、海外の契約書の翻訳をして欲しいと急に頼まれたからだ。いつもお願いしている翻訳家に、仕事が詰まっているのでできないと言われたらしい。

あと、海外で出版した雑誌の一部の記事を日本語版に翻訳するのも頼まれ、急な仕事だったので迷ったが引き受け、ほぼ徹夜で仕上げた。

先日甘い夜を過ごしてからは初とは仕事ですれ違っていたが、急ぎの仕事が終わったので会いたいと思っていた。

「ありがとう、八坂さん！　助かりました！　確認したところ、大丈夫だということですので」

今のところ仕事も順調だ。紹介で絵本を翻訳することになっているし、海外の恋愛小説の案件も現在進行形だ。

「そうですか……お役に立てて良かったです。すぐにお渡しできたのも良かった」

「是非またお願いします。スケジュールを確認しながら、お引き受けいただけたらと思ってますので」

次の仕事に繋がったのだと思うと、初芽は嬉しくて素直に声が出た。

「ありがたいです！　よろしくお願いします！」

本当に急ぎだったのだろう。担当の彼女からは深々と頭を下げられ、良かったら、と菓子折りまでもらってしまった。

独立のため退職した出版社だからもうあまり縁がないと思っていたが、仕事を依頼されたこと、今後もお願いされたことは素直に嬉しい。

こうやって少しずつ、仕事が広がればいいな、と思いながら編集部を後にした。

在宅で仕事をしているからか、初と会うのは最近ずっと初芽の家だ。もちろん彼の仕事のスケジュールが埋まっている時や、先約がある場合は会わないけれど、一週間に一回か二回のペースで一緒に過ごしている。

一度外でデートしようとしたこともあったが、その時は結局初芽が仕事を終わらせることができなくて、流れてしまった。

最近話題の映画など全く観に行けていないので、もし初さえ良かったら一緒に行きたいし余裕がある。

と思っているこの頃だ。今日はこのあと何もなくて、今取り掛かっている仕事も納期に少

「連絡、してみようかな……」

廊下に出てスマホを手に取り、初の電話番号を出したところで、後ろから肩を叩かれた。

「久しぶり、初芽」

「……園田、さん」

ぎゅっ、と心臓が縮み上がった気がした。

瞬きをして少し距離を取ると、スマホの画面を覗き込まれた。

「真井初と友達って本当だったんだな」

初芽はみんなフルネームで電話番号を入れている。画面の上部に大きく真井初、と出ているので少し見るだけですぐに、電話をかけようとしている相手がわかっただろう。

「……本当に、友達です。高校が一緒で、三年間、同じクラスで」

「ふーん……あんな世界を股にかけるような美形スーパーモデルと、初芽がねぇ……連絡先聞かれたときは、半信半疑だったけど。まぁ、真井初だし関係作っておけば得かもって思って、編集長につないだけどさ」

園田の言葉に、初芽は唇を引き結んだ。

会いたくないと思っていた相手と出遭ってしまい、先ほどまでの明るい気持ちが、急速に萎んでくる。

この出版社を辞めて独立を考えたのは、元彼の園田のこともある。いい思い出ではなかったし、早く忘れたい気持ちがあった。

かつては、かっこいい人だと思っていた。人付き合いが苦手な初芽と違って、すごく世慣れしてスマートな印象があったから。

けれど、本当はすごく女性関係でトラブルが多い人なのだと、別れてから教えてもらった。

それが原因で、雑誌編集のファッション部門から参考書などを作る学習教材部門へ異動になったらしい。

可愛い、付き合って欲しいと言われたから付き合いを開始したが、その後の彼の言動は思い返してみても、あまり女性を大事にしていなかったと思う。

向こうから別れを告げてきたのだが、それで正解だったと思っている。でなければ、初芽の方から別れようと言っていたはずだから。

「なぁ、電話するならさ、頼んでくれないか？　ファッション誌編集に戻して欲しいって。俺、良い仕事してたし、それは真井初もわかってると思うんだよね」

大手の出版社であるから多くの部署がある。園田がファッション誌と全く関係のない部署へ飛ばされたのは、最近人づてに聞いた限りだが本当のことらしい。

彼が仕事ができるのは知っている。だから女性関係でトラブルが多くても、周囲は多少目をつぶっていたのだと思う。けれど、居酒屋で偶然後ろの席にいた彼の言動も忘れていない。

『二十八で処女だったから、抱くとき突貫工事って感じで。しかもさ、抱いてやってるのに結構嫌がってさぁ』

彼の言う突貫工事も、初だったらもっと痛くなくて優しくしてくれたのではないかと思う。

本当に、どうしてこんな人と付き合っちゃったんだろう、とやはり後悔しかない。

「園田さんの会社のことだから……私からは何も言えません」

そう言って横を通り過ぎようとすると、腹部に腕を回され、目を見開く。

「何するんですか!?」

こういう時に限って誰も通らない廊下が憎いと思った。

「そんな言い方する？　愛し合った仲の俺に」

愛し合ったなんて、と目を泳がせていると、頼むよ、と顔を寄せられた。

「今から電話かけるんだろ？　だったらちょっとだけアポイント取ってくれよ」

「そんなアポイントなんて取れません」

はっきり言って、初芽に巻き付く腕から逃れた。再度横を通り過ぎようとするが、今度は腕を引っ張られた。

近くにあった会議室らしき部屋に連れ込まれ、急に怖くなる。

「な……なんですか？　社内でこういうことしない方がいいんじゃないですか？」

初芽がどうにか声を上げると、ため息をついた園田は手にしていた書類をテーブルに置いた。

「だから何？　お前が会社に何か言ったところで誰も聞いたりしないだろ。地味だし、大人しく言うことを聞くだけが取り柄の女なんか誰が相手にするかよ。眼鏡外した顔はまぁ可愛いし、身体も割と綺麗だったから付き合ってやったけど。別にお前に未練なんてない。俺はファッション誌の編集に戻れればそれでいいんだ。だから協力したらもう声もかけないよ。会っても無視」

なんでこんなこと言われなきゃいけないんだろう、と胸が苦しくなってくる。

確かに彼の言う通り、地味で流されやすいとは思う。でも、こんな酷いことを言われる筋合いはない。

「真井君は、関係ないです。特にこういうこと、もっと関係ない」

「お前にはなくても俺にはある。だから、頼んで欲しいんだよ。ファッション誌に戻してくれ、って。ただそれだけのこと」

そう言って初芽のスマホを取り上げ、通話ボタンを押す。

「あ！」

こういうの、犯罪にならないのだろうかと思う。以前は確かに彼女だったけど、もう関係は解消している。

なのに、他人の物を取り上げるなんて。

「さっ、真井君に聞いたことある。こういうの、横領罪とか、窃盗罪になるって。勝手に人の物を使うって、そんなの酷くない？」

「は？　一瞬だけだろ」

そうこうしているうちに、数コールかけてしまう。そして、初芽のスマホから初の声が聞こえてくる。

『もしもし？　……初芽ちゃん？』

スマホを見て、初芽は顔を横に背ける。無言でいたらきっと、初もおかしいと感じるかもしれない。

だがバカな初芽より園田は一枚上手だった。

「すいません、園田ですけど、初芽がスマホ落としたみたいなんですよね。なんで、真井さんにかけたんですが……良かったら取りに来ていただけませんか？　今日、ウチの会社で撮影していますよね？」

『そうですか。じゃあ預かりに行きますね、場所どこですか？』

そんなのダメだ、と初芽はスマホを園田の手から奪おうと手を伸ばす。けれど、スイッと上にあげられ、初芽は声を上げた。

「返して！　なんで電話するの！」

「……っと、おいおい、声が入るだろ！」

はぁ、とため息をつき、舌打ちをしながら園田は通話を終えた初芽のスマホをテーブルに置いた。

やっとスマホを取り返すと、園田は、ったく、と言った。

「お前が真井初に電話しないからだろ？　ただ会わせてくれるだけでいい、って言ってんのに」

「そんなの、どうせ真井君もダメだって言う」

園田の言うことなんて聞けるわけがない。それに、異動になったのも相応の理由があるのだから、通るわけがない。

「俺はあのモデルと何度も仕事して、何度も話してるし、信頼関係は築いてるんだよ。っ
たく、なのに初芽の声が聞こえたかも……もういいや、一緒にファッション誌の撮影現場
行くぞ」

なんで、という前に手を引かれてしまう。

手を振り切ると、また舌打ちされた。

そして、初芽の肩にかけていたトートバッグをスッと奪い、自分の肩にかける。

「隙だらけだよな、初芽。そういうところが、扱いやすくて良かったんだけど」

そう言って部屋を出ていくのを追いかける。

「園田さん、こういうの、良くないと思います。私、今外部の人間だし、会社に訴えます
よ」

「どうせそういうことできやしないだろ、初芽は」

下唇を嚙み、さっさと歩いていく彼を追いかける。

「待って！　返してください！」

すれ違う社員はいるけど、何とも思っていない様子だった。

首を傾げても素通りするだけ。

「あんまり大きな声出すなよ」

そんなこと言われても、と追いついて、初芽は園田の肩にかかっている自分のバッグを引っ張った。だけど、意にも介さず歩いてエレベーターに乗るのを見て、初芽も乗り込んだ。

「なんでこんなことをするんですか？」

焦りと怒りで混乱しそうになりながら、園田に聞く。

「こんなことって……逆に聞きたいんだけどさ、最初はお前が俺のことリークしたんじゃないのか？　だから、あんなショボい部署に飛ばされたんだと思うんだが、違うのか？」

何を言っているんだ、と初芽は首を傾げる。

リークってなんだかわからない。そもそも、女性関係のトラブルで園田が異動になったのは、初芽の退職後なのに。

「な、何のことですか？　私、園田さんと別れてすぐ退職したのに……」

「まぁいいよ。俺がファッション誌に戻れればそれで。だから、今から真井初に頼んでくれ」

だからそんなことできない、と言ったのに。

そう思いながら園田を見上げる。

「無理だって言いました。バッグ、返してください」

初芽がそう言っているうちに、エレベーターの扉が開いて、園田が降りていく。

きっと彼はどうかしていると思う。だって、こんなことが社会でまかり通るはずがないのに。初芽より年上の園田だってきっとわかっているはず。

ファッション誌編集部にいる園田は、それが自慢だったように思える。自身もすごくオシャレで、仕事ぶりも良かった。だから、初芽は彼をちゃんとした人だと思っていたのだ。

けれど、どうしてこんなことをするのだろう。

スマホは奪ったりするし、バッグも彼の肩にかかったままだ。

「待って、園田さん！」

初芽は渾身の力を振りしぼって、園田の肩にかかっている自分のバッグを引っ張った。

彼はバランスを崩し身体がよろけてしまったが、もともと初芽のバッグを奪っている園田が悪い。

「なっにすんだよ！」

エレベーターで降りた先の廊下には、たまたま誰もいなかった。

だからなのか、園田は怒りの形相ですぐ近くの壁に初芽の身体を打ち付け、首と肩に手を掛けてくる。

「いたっ！」

「だいたいさ、なんなの？　真井初と友達だったら初めに言っとけよ。それに、俺はお前の処女もらってやっただろ？　この年で初めてだから恥ずかしいって言ったのをちゃんと聞いてやったし。痛がったお前のこと、三回も抱いてやったし。ずっと痛がる女なんてこっちだってイライラするし。っていうか、見てるだけでお前、イライラするんだよ！」

初芽は首と肩に手を掛けられ、首を絞められるかと思ったが、そこまではされなかった。

そして、園田が話していることは、自分がファッション誌の編集に戻ることと、全く関係ないことだ。

「わ、私は、確かにあなたの言う通り、全然、ダメだったと思うけど……でも、それとこれとは関係ない……園田さん、こういうこと、こ、怖いし……やめてください……」

毅然と突っぱねるべきなのに、怖くて、声が震える。

園田はきっと、少し心を病んでいると思う。初に頼んだとしても、初がどうこうできるわけがない。

初はモデルで、園田は出版社の社員だ。

それに、初芽にやっていることは明らかに暴行だと思う。このまま首を締められたらどうしよう、と目をキュッと閉じてしまう。

「園田！　何やってんだ！」

「初芽ちゃん！」

知らない男の声とよく知った声が同時に聞こえ、園田の拘束が緩んだ。

目を開けると園田を引きはがす初が見え、彼の腕に抱きしめられた。

園田は尻餅をつき、顔を顰めていた。

「あ……真井君……」

身体が震えて、目の前の初に縋ってしまう。

呼吸が勝手に浅くなり、手も震えてしまっていた。

「園田、お前……こっちに来るなって言っただろ！」

視線を移すと、見たことのある男性が園田へ向かって強めに怒鳴りつけている。園田は
それに対して「いや、違うんですよ」と焦った様子で何か話していた。

たぶん、ファッション誌の編集長だった気がする。戸惑ったまま、初芽は抱きしめてい
る初を見上げた。

「大丈夫!?　怪我はない!?」

初は手袋をしていた。前髪をかき分けられ改めて初を見れば、デザイン性のあるスーツ
を着ている。撮影中だったようだ。

「あ……ごめんなさい、これ、衣装かな……」

初芽が離れようとすると、初は少し強く抱きしめ、それを止めた。

「そんなの気にしないでいいから。何があった⁉　なんで首絞められてた⁉」

初は心配と怒りが入り混じったような、そんな顔をして初芽を覗き込む。

「バッグを取られて……どうしても、園田さん、ファッション誌に戻りたいらしくて……首は押さえられてた、だけだから、絞められては……」

でも、本気で怖かった。首を絞められると思ったのは本当だ。

なんでこんなことになったのか、初芽もよくわかっていない。彼がファッション誌に戻りたいのと、初芽と付き合っていた頃の話がごっちゃになって、それで初が出てきて。

初が大きく息を吐いたのがわかり、初芽もまたホッとして息を吐いた。

「山崎編集長。園田さんは少し錯乱しているようですし……それに、これでは、約束が違うと思うのですが」

冷静な初の声が聞こえ、顔を上げる。

彼は初芽の身体を少し離したあと、微笑んだ。

「初芽ちゃん、もう撮影終わったから。一緒に帰ろうか」

「あ……でも……」

「大丈夫、一緒に来て。ちょっと待っててくれたら、着替えて出られるから」

小さく頷いて、それから園田を見る。

初芽のバッグは彼が持ったままだった。

「ごめんなさい、バッグが……園田さんに、取られて」

初が綺麗ではっきりとした大きな目を眇めると、なんだか迫力がある。すごく不機嫌な顔だ。

こんな時なのに、その様子もなんだか良いと思ってしまう初芽も、ちょっとおかしいのかもしれない。

だけど、こんな顔をするのが初芽のためだと思うと、なんだかドキドキして。先ほど感じた恐怖も薄らいでいく。

「返してくれますよね？　園田さん」

初が手を差し出すと、園田はムッとした顔をして目を泳がせた。

それからため息を吐き、初芽のバッグを初に渡す。彼はそれを受け取り、初芽の肩に手を回し、軽く抱きながら歩き始める。

「真井君、ごめんなさい……迷惑かけて」

「迷惑なんて……それより、怪我とかなくて良かったよ。初芽ちゃん襲われてるの見て、一瞬頭が真っ白になった……」

初が少し強く初芽の肩を摑み引き寄せる。

「感情抑えるの、きつい……こんなことにならないようにって、約束したのに……」

眉間に皺が寄るのを見て、初芽は首を傾げる。

「さっきから、約束、ってなに？」

質問の答えが返ってくる前に、初の名前が書いてある部屋へ入れられる。中には一人の女性がいた。

その人は初の事務所の社長の妻で、牧瀬みずほだった。高校の頃から何度か会ったことがあるので面識がある。

「こんにちは」

初芽が頭を下げて挨拶をすると、綺麗な唇が弧を描く。

「こんにちは、初芽ちゃん、久しぶりね。……ちょっと初、終わったとはいえ、いきなり出て行かないで」

腕組みをして少し厳しい顔をする彼女を見て、初は小さく頷いた。

「すみませんでした。でも、出て行って良かった。初芽ちゃん、襲われてたよ、例の園田に」

着替える、と言って彼はカーテンを引いてその中に入る。衣擦れの音が聞こえ、脱いでるんだな、と思い目を逸らした。

みずほは初芽を見ていて、大きくため息をつく。

「座って初芽ちゃん。何か飲む?」

「あ、いえ、お構いなく……」

座って、と言われたのでとりあえずソファーに座ると、みずほは設置してある冷蔵庫から、ペットボトルのお茶を出した。

それから、楽屋に最初から置いてあるような、焼き菓子も持ってきてくれる。

「少し口に入れて。落ち着くと思うわ」

「ありがとうございます」

初芽が礼を言うと、にこりと笑った綺麗な顔が初芽を見る。

「大変な目に遭ったわね。一応、私は芸能事務所を経営している立場上、ツテもあって聞いたんだけど……どうして園田と付き合ったの? まぁ、仕事はできる方だったから、何かあっても何も言われなかったんだろうけど」

「……」

あ、と心の中で言いながら初芽はうつむいてしまう。

みずほの言う通り、芸能事務所の人だから、情報通なのだろう。初のマネジメントをするにあたって、初芽のこともいろいろ知っているのだとは思う。だけど改めて、どうして園田と、と言われるとちょっと傷ついてしまう。

「私、彼がどんな人なのか知らなくて。鈍感だったので……もともと他部署ですし……雑誌の翻訳をするようになってから、食事に誘われ始めたのが、きっかけでした。でも……もう、わ、別れて」

胸がなんだか詰まってくる。初芽は右手で、自分の左肩を掴む。

もう終わったことなのに、なぜ今日はこんなに園田のことを思い出さなければいけないのか。過去が追いかけてくるのは、もうないと思っていたのに。

「そっか……あのね、園田ってあなたのこと、結構本気だったみたいよ?」

顔を上げると、みずほがにこりと笑った。

「思い通りに関係が進まないから、相手を攻撃する方に走る男、結構いるのよね。園田のことはちょっと前に、事務所からクレーム入れててね。それで、内部でもいろいろあったから、部署異動。でも、今回のことでクビかもね」

ふふ、と笑った彼女をぽかんとしながら見ていると、カーテンが開いて初がいつもの服に着替えていた。

さっき着ていたちょっと変わっていて優雅なスーツも素敵だが、いつもの服になった初もやっぱり素敵だった。

「初、アクセサリー取り忘れてる」

「ああ……今日いっぱいつけられたっけ」

最初に指輪を二つ取り、そのあと耳に付けている、飾りが綺麗なイヤーカフを外していく。

そんな初を見ていたら目が合い、彼は微笑んだ。

初はアクセサリーをトレイの上に全部置くと、初芽の前に立つ。

「帰ろうか、初芽ちゃん」

そう言って、手を差し出す彼の、その手を取り立ち上がる。

「どこまで送ればいいの？　初のマンション？」

みずほも立ち上がって、ソファーに置いていたバッグから車のリモコンキーを取り出しながら聞いてきた。

「どうしようか？　初芽ちゃん、急ぎの仕事は特になかったように聞いてたけど……」

頷いて、それから初芽は口を開く。

「あ……でも、そんな急には……」

園田が本気で初芽を好きだったとか、初の約束が違うっていう話とか、なんだかよくわからなくて混乱している。それに、首を絞められそうになった恐怖もまだ少し残っていて、できれば落ち着くまで待って欲しい。

でも、初と一緒に居たい気持ちもある。なんだか一人でいたくないからだ。

「そっか、わかった。……じゃあ、初芽ちゃんは駅でいい？　僕は自宅で」

そんな急には、と言った手前、やっぱり一緒に居たいなんて虫が良すぎるかもしれない。でも、やっぱり、と揺れる気持ちが、声に出てしまう。

「あ……さ、真井君」

「ん？」

さっきは、園田を引きはがしてくれて嬉しかった。

助けに来てくれて、ありがたかった。

それと同時に、初が抱きしめてくれたからすごく安心した。

きちんと言わないといけないのに、その一歩が踏み出せず。一緒に居たいという言葉が、うまく口から出てこない。

「あ……ごめんね、なんでもない」

初芽が笑うと、彼が初芽の後頭部を撫で、そのまま身体に引き寄せる。

「やっぱり、二人でいようか？　ゆっくり過ごさない？」

初芽は瞬きをして、小さく頷いた。

「……ありがとう」

結局、初に言わせてしまった。自分はありがとうしか言えなかった、何をやっているのか。

もう少し積極的にならなければ、次こそは、と自分に言い聞かせる。

「それで？　どこに送るの？」

みずほがあきれたような声を出す。

「今から決めます」

初はそう言って、初芽の背を少しだけ押した。

「早く決めてね。先に出るわよ」

さらにあきれた声と顔をして、みずほは楽屋を出ていった。

「初芽ちゃん……」

名を呼ばれ初から手を引かれると、そのまま彼の腕に抱きしめられる。

「君が好きだ」

そう言ってこめかみにキスをした彼が、抱きしめる腕に力を込める。

しばらく抱きしめられたあと、ゆっくりと腕を解かれ、大きな手に頬を撫でられた。

「行こうか、初芽ちゃん」

先に出て行ってしまったみずほを追いかけるように、初と二人で楽屋を出る。

初がいてくれて良かった。初芽は心から、ただ彼の隣にいることが幸せだと感じた。

もう少し、強くなれたらいいのに、と思いながら。

11

「私の家で、よかった？」

初の事務所の副社長であり、真井初のマネージャーを務めるみずほに、恐縮しながら送ってもらった先は、初芽のマンションだった。

『あなたの家を知っておいた方が何かと便利だし、いいのよ。これから初もお世話になるだろうし』

そう言って去っていく車を見送り、二人で初芽の家に入った。

しかし、家の中は全体的には散らかったままだし、片付けないといけない。

「ごめんね真井君、実は急ぎの仕事を頼まれてたから、散らかってて」

テーブルの上に広げたままのパソコンや資料を纏め、とりあえず横にやった。

「いいよ、初芽ちゃん。僕も弁護士の時はそんな感じ……いや、もっと散らかしてたかな……」

クスッと笑った彼は広げられた資料を集めて、軽く整えてくれた。

「ありがとう」

「いいえ、これくらい。もう昼過ぎだから、お腹空いてない？」

今日は、予想外なことがあったから、確かにお昼を食べ損ねていた。

「そうだね……何か作るかな……」

初芽がそう考えていると、あ、と初が声を出した。

「近くに美味しそうなラーメン屋さんなかった？」

「うん、あるある！　行ってみたいけど、まだ行ってない。一人ではちょっと、って思って」

行ってみたいとずっと思っていたが、仕事もあるし、なかなか一人では入り辛かった。いつか誰かと行けたらな、と思っていたのだ。

「じゃあ、食べに行こうか」

「え？　あ……うん」

「なんでそんな歯切れ悪い返事？　本当は行きたくないとか？」

そんなことないので首を振り、彼を見る。

「いや、真井君はモデルだし、ラーメンなんて食べなそうなのに……」

「食べるよ。体型維持できればいいから、食事制限は別にしてないし。年齢を重ねたら、太るかもしれないけど……でも今は気を抜いたら逆に痩せるしね。食べないと体型維持できなくて困っているんだ」

ふふ、と笑った彼を、羨ましいと言った一乃の気持ちがわかる。

食べても太らない体質なのは、初と付き合い始めて知った。それくらい彼は結構な量を食べている。

それに、一世と同じジムに行っているみたいだが、そこまですごい筋トレはしていないと聞いたことがある。

なのに、彼の身体はきちんと筋肉がついていて、背骨から腰骨のラインも引き締まっているし、足にも筋肉の線が綺麗に入っている。

というのは、彼の裸を見たから知っているわけで。

思い出してしまい目を泳がせた。

「どうかした？」

「ううん！　真井君がすごく食べるのは、最近よくわかった。っていうか、知らないこと多いね、私。知り合ってもう十年以上たつのに」

彼は高校の頃から学校に来ないときもあったし、早退もしていた。だから一緒に勉強することも少なく、昼休みに昼食を一緒に食べることもあまりなかった。

それに、初芽は初を好きだったが、見ていたいけどずっと見ていたらなんだか恥ずかしい気がして。今でもそれはほぼ変わらないが、これからはしっかり見たいと思う。

「君が僕を知らないのは、お互いに『どうせ届かない』って思ってたからだろうね。でも今は、届いてるから」

笑みを浮かべた彼は、初芽の手を取り、そこへキスをした。

「行こうか、初芽ちゃん。二人で初めてのラーメン」

「……うん」

初にそう言われ、本当だと思った。

長男長女会のメンバーとラーメンは食べたことはあるが、初と二人きりでは初めてだ。

靴を履き、玄関を出ながら初芽は初に聞いた。

「ラーメンは何が一番好き?」

「塩かな……あ、でも豚骨も好きだな。こってりして美味しいし」

こうやって聞くと、結構食べてるんだなと思った。

「真井君はモデルだから、食べないんだと思ってた。カロリーも高いイメージあるし」

「そんなことないよ。確かに、食べると太るっていう人の方が多いだろうし、モデルやるからには気を付けるべきだとは思うけどね。でも今は無理、もう口がラーメン」

素敵な笑顔が神々しい。

初に手が届かないという理由は、この笑顔だ。

「そうだね、じゃあ、早く食べに行こう」

初芽がつられて笑ってしまいながらそう言うと、彼は手を繋いでくる。

そして見上げて、瞬きをした。

「真井君、帽子とか眼鏡、しないの?」

さっきまでモデルとして撮影していたし、髪の毛もセットされている状態だ。

服もそうだが、ボディバッグもおしゃれなので、すぐに真井初だとバレそうだ。

「意外とバレないもんだよ」

そう言ってただ笑みを浮かべる初と、初芽は手を繋いでラーメン屋へ向かっている。

本当にいいのかな、ともう一度彼を見上げる。

「ん? どうかした?」

「ううん」

初芽は首を振る。

目的のラーメン屋は目の前だ。

初はいったいどれくらい食べるんだろう、と思いながらラーメン屋の暖簾を二人でくぐるのだった。

☆

初はとてもお腹が空いていたらしく、ラーメンは替え玉をした。半チャーハンも食べたし、餃子も食べた。

初芽は普通にラーメンと餃子にしたけれど、初はこれだけ食べたのに、まだ入りそうと言ったのにはびっくりした。

また、店の女性スタッフに普通に真井初だとバレて、写真をお願いされていたが、丁重にお断りをしていた。

「普通にバレてたよね……」

「うん、でも……最後の方まで気付かなかったでしょ」

可笑しそうに笑った初に、本当にそうかな、と思う。また手を繋いでくる初に、初芽は大丈夫か心配だった。そんな心配をよそに、初は銭湯を見つける。

「銭湯がある……初芽ちゃん、知ってた？」

「うん、引っ越ししてきたときに、ちょっと歩いたし」

まだ行ったことないけど、と思いながら横目で銭湯の入口を見る。

「入っていかない？　今日はお風呂入らなくて済むし」

「でも私、手ぶらだけど……」

「こういうところって、きっと貸しタオルあるから、大丈夫だよ。どう？」

初芽は正直に言うと結構、冒険をせず真面目に生きてきすぎたのではないかと思う。

自分ひとりで行けない場所はとりあえず行かないでおくのが無難だし、勉強だってなんだって、とりあえず真面目にやらないと、という思いが今だってある。

周りに置いていかれたくないと思い、社会的な女性としての当たり前をクリアするために、この年ならやっておくべきだと、セックスをして。

園田のことが頭をよぎりながら、初に返事をする。

「……そうだね、行ってみようかな」

初芽が返事をすると、彼は頷いて銭湯の暖簾をくぐる。

番台には白髪のおばあさんがいて、ニコッと笑った。

「貸しタオルありますか？」

初が聞いたら、目がキラッと輝いたおばあさんが、頰を染めて初を見る。

「ありますよ。彼女さんも？」

初芽が頷くと、彼女は両手でタオルを初と初芽に差し出した。

「タオルが三十円、入浴料が五百二十円。全部で一人、五百五十円ね」

「じゃあ、彼女の分と僕の分で」

貸しタオル本当にあった、と思って感心していたら、初芽が財布を取り出す前に、さっさと初が払ってしまう。

「真井君、あとで返すね！」

「いいよ、そんなの。一時間くらいでいい？」

入浴時間と理解し、初芽は頷いた。

「うん」

初はヒラッと手を振って奥へ行ってしまう。なんだかスマートにいろいろやってもらったとため息をつく。

「彼氏さん、素敵だねぇ。美形だし、国宝級ね」

ふふふ、と笑ったおばあさんが、そっと小さな声で言ったのを聞いて、初芽は笑ってしまった。

やっぱり、あれだけカッコイイと誰だってときめくはずだと思いながら返事をする。

「そうですね。私にはもったいないくらいの、彼氏で」

「そうなのね。一時間あったまってらっしゃい。ちゃんと身体綺麗にしないとね」

ふふふ、とまた頬を染めて笑うのを見て、初芽もまたちょっと顔を赤くしてしまう。

どういう意味だろうと思いながら、初芽もまたロッカーの前に行き、服を脱いだ。バッグに入っていたヘアクリップで髪を纏め、昔ながらのロッカーの鍵を取り、タオルを持って浴室へ入った。

シャンプーとボディーソープがあり、メイク落とし洗顔料もあって、とても助かった。

きちんと身体を洗ったあと、初芽は大きな浴槽に入った。

「気持ちいい……ああ、なんかこんなに気持ちいいなら、一人でも来ればよかったかも」

今日はいろいろあったな、と思い返した。

初が来てくれてよかったけれど、来なかったらどうなっていただろうか。

「どうしてあんなこと、したのかな……私がやっぱり、悪いのかな」

タオルを頭の上に乗せ、肩まで湯に身体を沈ませる。

嫌だったことも思い出す。一緒に居てもセックスをしても面白くないと言われた。だから、別れたのだ。社会性とか、どうでもいい建前を気にしていたのがバカみたいだ。

それでも、今日の今しがたまでは少しだけ園田を忘れていた。

ラーメンは美味しかったし、お風呂もすごく気持ちいい。

「めちゃくちゃ癒される……」

初芽は一度湯から上がって風呂の縁に座った。

「ここまで思い出さなかった……真井君には気を遣わせたかな……」

身体が冷めてきたのでもう一度湯船に浸かると大きく息を吐いた。

どうして、こんな私にあんなに素敵な真井初が好きだと言ってくれるんだろう。

いつもほどではないが、やはりそう思ってしまう。

でも、出会った時から美しいあの初が、ずっと初芽は好きだった。両想いになって、幸せだからこんなことばかり思うんだろうか。

ずっと一緒に居たいと思うのは、やっぱり我儘だろうか。

もう二十八になっている。初も同じ年で、二人のこれからを思ったら、こういうことしか思いつかない。

「そんなの、結婚とか、パートナーとか……」

でも、まだ付き合って二ヶ月もたっていない。

「十三年前からずっと、友達ではあったけど」

でも、今日みたいに顔を隠さないで出歩くのは、高校を卒業してから初めてのことだ。

初は、初芽と手を繋いで、何も隠さなかった。

「嬉しかった」

はぁ、とため息をつき首を動かすと、さらに気持ち良かった。

髪の毛を乾かさないといけないので、早めに湯船から上がった。軽くシャワーで流して、身体を拭き上げ、一度タオルを洗って髪の毛に巻く。

今後も通うことを考えてお風呂セットを買うのを検討しようかと思いながら、ロッカーの鍵を開け、服を身に着ける。

「真井君もう上がったかな？」

約束の一時間まであと十五分。この銭湯は本当にあたりだった。洗面台にはドライヤーと、プチプラの化粧水がかごに置いてある。

化粧水で顔を軽く整え、髪を乾かし、眼鏡をかけた。

出て行こうとすると、おばあさんがにこりと笑う。

「また二人でいらっしゃいね」

ふふ、と笑った彼女に、初芽も笑みを向けた。

「はい、また」

初芽が外に出ると、初は待っていたらしくスマホを見ていた。

「真井君」

名を呼ぶと顔を上げた彼が、微笑む。

「帰ろうか」

頷いて彼の隣に行くと、手を繋いでくる。

こんな堂々としていていいのかと思うが、初は特に気にしていない風だった。

「ラーメン食べて、もうお風呂も入っちゃったし……夜が長く感じるかも」

あまりに夜が長いと、まだこんな時間だ、と思ってしまうことが多い。仕事をしていて、全く進まない時とか、なんだかまだ仕事をしろと言われているようになってしまう。

「夜長いのは苦手？」

初が首を傾げて聞いてくる。なので初芽は微妙な顔をして答えた。

「うーん……何すればいいか迷う時もあるから」

そう言うと、彼はフッと笑った。

「初芽ちゃんと過ごす夜が長いと、僕は嬉しいけど」

さすがに、心臓が一気に跳ね上がった。過ごす夜が長い、ということは、初と今日はソウイウコトをする可能性があるわけで。

「あ……私」

ソウイウコトをするのに、帰ったら着替えるのか、それともこのままなのか、どうしたらいいか考えてしまっていた。

「ん？」

でも、なんでもそういう方向に持っていくのは、違うかもしれない。初は、まったくソウイウコトを考えていないかもしれない。

「何でもない」

初芽が彼を見上げると、初の指が初芽の指と絡み合い、手を繋ぐ形が変わる。

「帰ったら、セックスしない？」

耳元で少し声を抑えて言われ、初芽は瞬きをする。

それから身体がなんだか熱くなった気がする。もちろん、顔もだ。

「でも……私」

初芽は自然とうつむき、どう言おうと思いながら、次の言葉を出す。

「私、前も言ったけど……私の家には……」

初芽が全部言う前に、初は笑って大丈夫と言った。

「バッグに一箱持ってるから。残った分は、初芽ちゃんの家に置いていくよ」

あからさまに誘われ、頷いてはいないけど、嫌じゃなくて。

むしろ、またあの色っぽい初を見られると思うと、心の高揚がヤバイ。動悸がする。

「ダメだったらしないけど」

言われて、背筋を正して、首を振った。

「う、ううん、ダメじゃない」

初芽は、コミュ力が乏しいのもあるが、表現もどことなく下手だ。こういうのははっきり口で言わないとダメなのに、毎回逃げているような気さえする。

「ベッド狭いけど、大丈夫……？」

何言ってるんだろう、と思いながらキュッと目を閉じる。顔から火が出そうだ。

クスッと笑った初は初芽と繋いでいる手に、少し力を込める。

「狭いほどくっつけるからいいよ」

そう聞いて、初芽は今まで彼とくっついてしたことを思い出す。

誰でも恋をしたら、こんな風に考えてしまうのだろうか。

ちょっと浮かれすぎてはいないだろうか。

そう思いながら、初と一緒に家に帰るのだった。

☆

「初芽ちゃん」

家のドアを開け、靴を脱いで二人とも家に上がったところで名を呼ばれ、初芽は振り返った。

「キスしてもいい？」

初芽は小さく頷いた。

すぐそばの壁に背が付いて、初が身を屈める。

彼の顔が近づいてきたので、ギュッと目を閉じる。けれど、それからしばらくたっても唇の感触がしないので、片目ずつそっと目を開けると、初と目が合った。

「キス、するんじゃないの？」

「目を閉じてるのが可愛くて」

笑って口元に手を当てるのを見て、自分の目を閉じた顔よりも、その笑顔の方が素敵だと思った。

「キスするって言うから、閉じたのに」

少しムッとした顔を向けると、笑顔のまま彼の大きな手が頬を撫でた。

そして本当に今度こそ、しっとりと唇が重なる。軽く唇を挟むキスをしたあと、彼がゆっくりと瞬きをし、初芽を見つめる。

「初芽ちゃんの素顔、可愛い」

眼鏡をスッと両手で取られ、初芽は瞬きをする。

彼は初芽の眼鏡を自分のシャツの襟に引っ掛けると、顔を傾けもう一度唇を重ねてくる。

「……っん」

小さな水音が聞こえる。

重なった唇の角度を変えたあと、彼の舌先が唇の隙間を柔らかく押す。

初芽が少しだけ唇を開けると、その開いたところから、初の舌が口腔内へ入ってきた。

「ずっとこんなことばかりで……でも好きなんだ」

そう言って初芽の唇ごと覆うように開いた、初の唇が柔らかく熱い。我ながらたどたどしくも彼の舌に応え、絡め取られながら、鼻で息を吐く。

舌先を吸われると、甘い吐息が勝手に出てしまう。

「ぁ……っふ」

素顔が可愛いと言われた。

化粧をしていない目元なんか、綺麗ではないと思う。丸顔気味の普通の顔で、なんとなくコンプレックスだ。

でも、初が可愛いと言うのなら、それを信じたいと思う。

それに今の、与えられたキスには、嘘を感じない。

「あ……」

足に力が入らなくなり、崩れ落ちるのを初が抱きとめる。

「ごめん、なさい」

「どうして？　キスが良かっただけだよね」

微笑んだ彼は、初芽を抱きとめながら片膝をつく。

向かい合って膝を割られ、初の身体が初芽の足の間に入ってくる。ボディバッグを下ろし、壁に手をついた彼はもう片方の手で初芽の顎を上に向け、再び唇を重ねてくる。

身体が崩れ落ちたのは、キスだけで感じていて、立っていられなくなったから。

心臓は煩いくらいドキドキと音を立てるし、そのうちの数回は不整脈のように胸を押し上げるほどだ。

これは初に教えてもらった快感というもので、もうすでに息を詰めるほど、腹部の奥底も心臓になったかと思うほど、切なくなってきている。

「は……ぁ」

濡れた音を立て、唇が離れていく。

勝手に舌先が彼の唇を追っていたのが、なんだか恥ずかしく、顔を赤くする。

「初芽、可愛い……」

こういう時、初芽と呼び捨てる彼の声が、やけにお腹に響く。

「あ……さな、いくん……」

首筋を撫でるその手に頬を摺り寄せる。

服の上から胸を揉まれた。乳首を探られ、軽く摘ままれる。

「は……ぁん」

変な声が勝手に出る。恥ずかしくて、顔が赤くなる。

「唇噛まないで、声を出して」

初の指先が、初芽の唇に触れる。息を吐くために唇を開けると、彼が目を眇める。

服の下に入ってきた彼の左手が、背中にある下着のホックを外した。胸を同じ手で覆うように触れると、指先でその先端を少し押しつぶす。

「んん……っ」

「……一度……」

目を開けると、は、と初が息を吐いた。

「ここでしていいかな……?」

そう言って目を伏せ、初芽から手を離す。ボディバッグを探って、銀色っぽい箱を取り出し、それを開ける。

真新しい箱から取り出したのは、避妊具。

「嫌だったら、ベッドに、行くけど……」

初の声が掠れていた。

本当に切実に、初芽を求めているように見えた。

それを見て、初芽もなんだか、余計に下腹部も彼と繋がる場所も、どうしようもなくキュンとなってしまう。

「いいよ……、ここで」

初芽がそう言うと、初は笑った。

それから息を吐いて、履いているスラックスに手をやる。

「今日に限って、なんでこんなの、着て来たのか」

彼のスラックスはデザイン性があって、ウエストのところに上下並んでボタンが二つ付いている。ウエストを調節できるようなデザインで、それぞれのボタンを一つずつ外さないと、脱げないようだった。

一定の場所から布が二つに分かれてボタンを留めるのがなんだかオシャレだが、ボタンの部分が固いようだった。

「外すね」

初芽は手を伸ばし、ボタンを一つ外した。その間に、初自身がスラックスの布地をさらに押し上げる。

ボタンを外し終えると、ホックを外した。それからジッパーを下げる。

「ん……」

艶っぽい声を出した初を見上げる。

余裕がなさそうだと思いながら、彼の下着も下げた。

知っているけど、いつもより大きい気がして、初芽は小さく息を呑んだ。

「ごめん、初芽……」

そう言って、パッケージを嚙み切ってコンドームを取り出し、自身に着ける。それから初芽のスカートを捲り上げ、ショーツのクロッチの部分をずらすなり、指先で秘部に触れてくる。

「あっん！」

気付かないうちに濡れていたのがわかる。

初はとても性急だった。

でも、なんだかそれが、余計に初芽の中の官能も引き出してくる。

そして、あの真井初が、あの頃は届かないと思っていた人がこんなに自分を欲しいと思ってくれる、その事実が心を満たしていく。

だから初芽は、初めて自分でショーツを脱いだ。

少し痛くても、恥ずかしくてもいいから早く初と繋がりたいと、そう思った。

12

初は初芽の家に送ってもらう途中、車の中で、初芽の元彼である園田のことを反芻していた。

みずほが話しかけてきても、半分は頭に入らず、適当に返事を返していたと思う。

園田が、社内の告発により、部署移動となったのは初の事務所の要望も手伝ってのことだった。

実際、社内で付き合っていた女性に対して、セクハラめいた言動や、仕事関係で揉めたこともあり、彼の部署異動はスムーズだった。

園田のすでに退職した交際相手に対する、セクハラめいた言動、その付き合い方に対しても一部問題になっていたらしい。これは初芽のことで、もうすでに退社しているので不問に処したと聞いた。

社内での聞き取りを録音してもらっていたため、初はファッション誌の編集長を通じて園田の声を聞かせてもらった。

『可愛くて、清楚で、仕事に真面目、笑った顔がふんわり柔らかい……自分のわがままも許してくれそうな、優しい性格も好きだった。だから余計に、セックスの時の態度とか表情とかが、許せなかった』

初芽の最初の男である園田の、この言葉を録音データで聞いたとき、初は少しだけ同情してしまった。しかし、それはほんの少しだけで、初芽を傷つけたことに変わりはないから、二度と目の前に現れないで欲しいとも思う。

園田の初芽を好きな思いは本物だったかもしれない。

初芽の好きな部分が、初とほぼ同じだった。

大学を卒業し、モデルを辞めても時折カメラに追いかけられていた。弁護士となっても、初がネットニュースに載ることも少なくなかった。世間で真井初というワードが下火になった頃、またモデルに復帰した。

しばらくは女性と交際するなと事務所から言われ、その言葉を理解し、初芽のことが好きでもアクションを起こさなかった。

結局、自分の恋心をまた我慢して。

その間に、初芽の魅力がわかる男が出てきて、いつの間にか初芽の身体も奪っていった。

初めての男になれなくても、これからの男になりたいと思い、十三年越しに恋人になれた。

そして今日、初芽の首を押さえつけている園田を見て、とっさに引きはがし殴ろうと思った。それを躊躇したのは、その時の初芽を見る目に執着と未練を感じたからだ。

一歩間違えれば自分がああなっていたかもしれない――。そう思うと、初はただ拳を強く握って、彼女を抱きしめることしかできなかったのだ。

今日は、少しは気がまぎれただろうか。ラーメンを食べ、帰りに寄った銭湯で湯につかりながら、初芽のことをずっと考えていた。

やはり自分は園田に嫉妬してしまっているのだ。

自分がもたもたと思い悩んでいる間に彼女と付き合い始めたことも、彼女のはじめてを奪ったことも。そして、良い思い出ではなかったはずなのに、初芽が園田を幾度も思い出してしまっていることにさえ。

――初芽の全部を上書きしたい。

車で移動している最中、隣に座る初芽を見ながら、家に着いたらすぐに抱きたいと思った。

キスをしたら、たどたどしくも応えてくれる初芽の舌に自分のを絡ませる。

初芽の身体を壁に押し付け、ずっとキスしていたいと思えるほど柔らかい唇に、角度を変えながら口付けていると彼女の身体が崩れ落ちた。

そこからはもう、自分を止められなかった。

☆

今日に限ってどうして脱ぎにくいスラックスを着てきたんだろうと思った。

ウエストをホックと二つのボタンで留めるタイプで、二つともボタンを外さないと脱げない。銭湯で脱ぐときは特に気にならなかったのに、今はとてももどかしい。

「今日に限って、なんでこんなの、着て来たのか」

崩れ落ちた初芽を支えながら膝をつき、彼女の足を開かせながら、ボタンに手をかける。片手では外しにくく、壁についていた手を離す。両手でボタンを外そうとすると、彼女の指先が初の指に触れた。

「……外すね」

そう言って、初芽の細い指が両手でボタンを外し、ホックも外してくれる。

時折布越しに触れる手の感触で下半身に熱が集まり、痛いほど反応してしまう。

「ん……」

彼女がスラックスのホックを外し、ジッパーを下げると、思わず声が出てしまう。

小さく息を吐くと、初芽は初の下着も下げた。

あまりにも張り詰め、反応しきっている自分のモノを見て、初芽が戸惑ったように瞬きをするのが見えた。

「ごめん、初芽……」

性急にボディバッグから出したコンドームの外装を噛み切って、中身を取り出す。自分のモノに着けると、初芽のスカートを捲り上げた。

開いた足の間に手を入れ、下着の縁をずらす。指先をそこに這わせ、触れた。

「あっん!」

甘い声を出すのが余計にクル。

彼女のソコは濡れていたが、まだ潤いが足りないと思う。

すごく繋がりたくてたまらなかった。でも、痛がらせたくない。

「待って……」

初芽がそう言って、自分で下着を脱いだ。

その様子を見て、勝手に息が上がって、彼女の膝を両手で開かせていた。

初芽の頬に触れ、自分自身に手を添え彼女の中へ押し入っていく。

「あっ！　……はぁっ！」

初芽が唇を開き、声を出す。狭い内部が吸い付くように、初を受け入れた。

すべてを入れ、彼女の前髪をかき分ける。

「痛くない？」

小さく頷いた彼女は初を見上げた。

彼女の手が初の胸元に手を置いた時、先ほど外して自分のシャツに引っ掛けた初芽の眼鏡が滑り落ちた。

「眼鏡、壊れそうだね」

は、と息を吐き出しながら初はボディバッグの近くに置く。

初芽の太腿に手を這わせ、滑らかな肌を感じながら、彼女の身体を一度揺すり上げた。

「あっ！」

身体を膝がキュッと締めてくる。

甘い声を出す可愛い顔を見ると、初はもう自分を止められなかった。

「……っ」

腰を打ち付けると、彼女の中が濡れるのがわかる。動きがスムーズになりながらも、彼

まだ。

声を抑えている初芽が可愛い。その姿にもそそられるのに、彼女の内部はずっと狭いま

「あっ……あ……あっん！」

狭い初芽の中は気持ち良かった。

女の中は締め付けてくる。

中が濡れて、初のモノが出入りするたびに濡れた音を立てている。

一番奥まで入れ、そのまま丸く腰を動かすと、初芽の唇が開き声を出す。

「あっ……っは！」

胸に触れると乳房の先端が尖り、感じているのがわかった。

「柔らかいね、初芽ちゃんの、胸」

「ん……っそ、んなこと……」

首を振るが、柔らかくてずっと触っていたくなる。初の手のひらに収まるサイズだが、

彼女の胸は綺麗な形をしている。

ただ触っているだけなのに、下半身をさらに疼かせてくる。

好きな人とするのは、どうしてこんなにもイイのだろう。

心が伴っているだけではない、ただ見るだけでも、快感を得られる。

「も……私……っ」

「イキそう?」

何度も初芽が頷く。

顔を上に向かせると、涙目の初芽が煽情的で可愛い。

「気持ちいい?」

聞くと、また初芽はコクコクと頷いて唇を開く。

だから初は誘われるように唇を重ね、舌を絡ませた。

「ん……っ……っふ」

初ももう、達しそうだった。

こんなに性急に身体を繋げてしまったのに、受け入れてくれる初芽が愛おしい。

本来ならもっと、優しく抱いてあげたいという思いがある。

だが、気持ちは裏腹だ。

「好きなんだ」

唇を離し、触れる位置で言うと、初芽が初のシャツを摑む。

「私も、好き……っ」

初芽がそう言って初の唇にキスをする。

そのまま口付けの主導権を奪うと、舌を絡めながら初芽の身体をより一層揺すり上げた。

「あっ！」

息苦しさに唇を離した彼女は、もうダメ、と言って身体を震わせる。

初もまた限界だったので、彼女と一緒に達した。

「う……っん」

初は彼女の最奥に自身のモノを打ち付け、小さく呻いた。

目の前がなんだかチカチカしており、眩んだのだとわかった。

「初芽ちゃん……」

「あ……あ……ぅ」

柔らかい髪の毛に手を入れ、横髪を払う。忙しない息を吐きながら、赤い顔をしている彼女が見える。

顔を上げ、ゆっくりとキスをする。

何度か啄むキスをして、水音を立て、唇を離した。

「真井君、良かった……？」

初芽が初の頬に手を伸ばしてきたので、その手の上から自分の手を重ねる。

笑みを向けると、初芽は瞬きをしてジッと見返した。

「君とのセックスで良くないなんて、全くない」

ふふ、と笑って初は大きく息を吐き出した。

「もっとしたくて、困るよ、初芽ちゃん」

彼女の太腿を撫でると、小さく息を詰める。足の太腿の内側は、初芽の性感帯のようで、いつも良さそうな反応をする。

「抜くね……」

ゆっくりと初は自分自身を引き抜いた。

まだ硬さのあるモノからゴムを取り、精液が出ないように縛っていると、彼女がそれをジッと見ていた。

「ああ、ごめん……生々しいね、こういうの」

「や、そうじゃなくて……あ、待って」

自分のトートバッグからポケットティッシュを取ると数枚取って、初に渡してくる。

「ありがとう」

首を振った彼女は膝を合わせ、足を閉じたが、初はボディバッグからハンカチを取りだしながら、再度開かせた。

「あ……」

身体がビクリと動く。

ハンカチを彼女と繋がった部分に当てると、初芽が恥ずかしそうに顔を伏せた。

「ごめんね、ハンカチ……」

「いや、こっちこそごめん……玄関で」

下着を直し、ジッパーを上げると初芽から少し身体を離す。

彼女の片足に引っかかっている下着をもう片方の足に入れ、膝まで上げた。

頷いたのを見て、下着を直してやると、赤みが引いていた顔が一気に赤くなった。

「腰上げられる?」

「こういうの、初めてで……普通? これは」

初芽が手で顔を覆う。

そんなこと言われても、と初は目を泳がせた。下着を直したのは、そうしたかったからだ。

彼女はきっと、初のことを経験豊富と思っているだろう。だが、本当はそうでもなく、彼女で最初を経験することだってある。

「どうかな……下着を、穿かせるのは初めてだから」

顔を覆っていた手をゆっくり外した初芽は、赤い顔で初を見上げる。

「もう一回、お風呂入らなきゃ……だね」

膝をすり合わせた彼女を見て、初は彼女の首筋を撫でる。

「……そうだね」

初芽は何度か瞬きをして、スラックスのジッパーの部分に手の甲で触れてくる。ゾクッと背筋が震えて、思わず息を詰めた。

「まだ、なんだか硬い、ね」

言ったあとすぐに手を離したが、今度は初の腕に触れてくる。

「私……今度はベッドで……」

初芽の目が潤んで、目元が赤くて、なんだか本当に誘っているように見えた。さらに下半身に熱が籠もる気がしたけれど、我を忘れて初芽を傷つけたいわけじゃない。

「初芽ちゃん……身体は、そのうち鎮まるから、気にしないで」

笑みを向けると彼女は首を振った。

「私が、好きだから、もう一度、したくて」

初芽が初の身体に近づき、少し体重をかけてきたので、手をつくのが間に合わなかった。

かろうじて肘をつき、彼女の身体を抱きしめる。

「お、押し倒して……あ、ごめんね、真井君」

「いや、ごめん、バランス崩して……」

は、と息を吐くと同じように初芽も息を吐いた。

「どこでもいい……」

初芽が初に小さくキスをする。

「ベッドじゃなくてもいい」

初芽の頬に触れ、初は彼女を抱きしめたまま身体を起こした。

「ベッドに行こう?」

初は手探りで、避妊具の箱を探し、手に取った。それから、彼女を抱き上げてベッドへ向かう。

「求めてくれて嬉しい」

好きな人が、初を求めてくれた。

それだけでものすごく嬉しくて、心臓が高鳴ってくる。

初芽の身体をベッドに下ろし、スカートのファスナーを下げる。

「私は、真井君が愛してくれて嬉しい」

ずっと求めていたたった一人が、同じだけ心を返し、愛してくれて嬉しいと言う。

この幸福を、彼女を好きで堪らなかったあの時の自分に教えてあげたい。

いつか必ず、初芽と愛し合える日が来る、と。

「初芽……」

熱い息を吐きながら、彼女に覆い被さる。

好きな気持ちを伝えるために、身体を重ねるのだった。

☆

初はとても色っぽかった。好きだと本気で思ったので、身体を強請ってしまった。その結果——。

「疲れたみたいだね」

クスッと笑った初が、浴室に置いてあるタオルをホットタオルにして、初芽の全身を拭いている。

「ベタつくところはない？」

小さく頷く。拭かれてすごく気持ちイイ。

秘部は温かく、緩く絞ったタオルで最初に拭かれた。しかもショーツまで穿かせてくれる。ちなみに洗濯済みのものだ。畳まず山積みになっていた、洗濯物カゴから取ってきたと言われた。

最近忙しく、洗濯済みのものはカゴに入れっぱなしで、そこから取って着替えていた。

掃除もそこまでやっていなかったから、なんだかとても恥ずかしい。

「終わったよ。気持ち悪かったら、シャワー浴びた方がいいかもね」

また小さく頷くしかできず。

初芽は下唇を噛んだ。

「初芽ちゃんのそれ、癖？　下唇噛むの……可愛いけど、唇荒れそうだから気を付けて」

そう言って唇に触れながら、そこを指先で撫でる。

「真井君は、女の子にこんな風に……拭いてあげてるの？」

嫉妬っぽい言葉を口にし、ちょっと後悔する。

初はフッと笑って、首を振る。

「初芽ちゃんが初めて。起きれる？」

「……うん」

彼が手を差し出してきたので起き上がると、大きな手が肩にかかる髪の毛を払う。

「初芽ちゃんが気持ち良さそうでよかった」

ゆっくり瞬きをすると長い睫毛が揺れる。

それを見て、真井初という人は本当に美しい男なんだと認識する。

「真井君は、いつもこんな風に女の子に優しいの？」

嫉妬の続きで、心が狭くなっているのを自覚する。

こんなに素敵な人なので、どれだけ経験していてもおかしくない。けれど、ずっと初を知っている身としては、思うところがある。

好きなのだ。

地味な自分は、初には釣り合わないという不安がずっとつきまとうのに、それでも初が好きで、独占欲めいた気持ちが湧き上がってくるくらいには。

「初芽ちゃんが思ってるよりも、僕は経験してない。キスだって、初芽ちゃんが初めてだし」

「それはウソ！」

「本当だよ」

「いや、絶対、ウソです!!　だって、だったら、そんな……上手だなんて……」

あんなに初芽とのキスをリードする初が、初めてなわけがない。

「キスは、初芽ちゃんとだけって決めてたから。妄想してた甲斐があったな」

はは、と笑った彼はタオルを一度床に置き、ベッドから立ち上がるとスラックスのボタる。

ンをきちんと留めた。デザイン性があって、初のスタイルの良い身体にとても似合ってい

「洗濯機回していい？」

「……うん……真井君はシャワー浴びないの？」

彼は可笑しそうに笑い、頷いた。

「初芽ちゃんがイって、ちょっと寝てる間に軽く洗ったから大丈夫。タオル借りたから、一緒に洗っちゃうね」

結局また小さく頷くだけになってしまい、彼は背を向けて寝室を出た。

彼を強請ったあとは、すごく胸を揉まれ吸われ、いろんなところを触られ、足を開かれ、ソコを舐められ。

思い出すだけで、自分がどれだけ善がっていたか思い知る。

だから、結構身体が重怠く、疲労感が強い。

「なんでこんな手慣れた感じなのに、初めてだなんて言うの？　キスもあれだけ上手いのに、私が初めてなわけがない……」

ブツクサ言いながら、ベッドから下り、クローゼットを開ける。

中からルームウェアを取り出し、着替えながら少し身体が痛いと思った。

でも、過去に経験した時のそれと違って、酷く痛まない。それどころか、本当に初とのセックスは。

「どうしてあんなに気持ちいいんだろう……」

ああ、好きだ、と初芽はため息をつく。

今日は嫌なことがあったのに、彼がいるだけでそれが忘れられる。こんな幸せなことって、これ以上あったら死ぬんじゃないかな、と初芽は思った。

でも、これがずっと続けられる可能性だって、全くゼロではなくて。

ずっと、恋焦がれた初が、もしかしたら一生こうやっている人生もあったりするかもしれなくて。

一なんで、私は、真井君との関係を頑張らなかったんだろう。高校生の頃はともかく、大人になってからも……恋愛に興味ないふりをして……自信がないからって……でも、真井君にも事情があったみたいだったし」

事務所に止められていたと聞いている。

どうせ頑張っても、そういう時の初はきっと、初芽をはぐらかしただろう。

ただ、何も行動していないのでよくわからないけれど。

「二十八の今だから、こうやって恋人になれたのかな」

着替えて、ベッドに座るとあくびが出る。

そこへ初が入ってきたので、慌ててあくびをかみ殺した。

「乾燥までセットしてきた。本当に疲れたみたいだね」

「……うん、まぁ……」

「三回も、したしね」

初芽の隣に座った初は、ベッドに置いている初芽の手に、自分の手を重ねた。

「君の元彼のことだけど」

少し声が低くなった初を見ると、表情がなくてまるで人形みたいになっていた。

「あの編集部でさ。あいつが僕の……初芽ちゃんを好きなところと、一緒の部分を好きになったと聞いて、ちょっと思うところがあった」

そう言ってやっと少しだけ笑った彼は、初芽の手を握った。

「君の魅力に気付く人が、他にもいたらどうなってたか。彼だけだったから……まだ良かったって思ったりして……。初芽ちゃんを傷つけたことは許せないけど」

「そんなの……私、そこまで魅力的でもないから……でも本当に好きだったら、もっと大事にしてくれていいと思う。……真井君みたいに、愛してくれて良かったと思う……でも……」

初芽はそこで一度言葉を切って、彼を見上げた。

「私は、真井君しかダメだったと思う。だから、私は、真井君が初めてだったたって思うことにする」

本当は違うけど、でも、初との行為はいつも熱くなって高まって、気持ちイイ。

それに、彼が抱いていると思うだけで、その色っぽい表情を見るだけで、心が満たされる。

「キスは私が初めてで、今日みたいに身体を拭いたりするのも、下着を穿かせるのも、本当の本当に……私が初めてなの？」

フッと笑った初は、何度か頷いた。

「二十歳になった時、成人式で……一世のアパートでみんなで泊まったの……覚えてるでしょ？」

成人式をそれぞれの地域で終えたあと、全員お酒が解禁になったということで、長男長女会のメンバーと集まった。一世がアパートを提供してくれたので、初芽は料理とカシスオレンジを持ってきて、一乃はキッチンでおつまみを作り、ご飯を炊いていた。

その日はみんな適当に寝て、朝起きたら初芽の隣には初が寝ていたので驚いたものだ。

朝から綺麗な顔が目の前にあったので、一瞬息を忘れたのを覚えている。

「二十歳のあの夜、結構情熱的なキスをしたのに、初芽ちゃん、お酒のせいで忘れてて……君のファーストキスは、僕がもらってるんだよ。あの時、初芽ちゃんはキスしながら寝てたけど、僕は身体がヤバくて……トイレで抜かせていただきました」

思い出し笑いをした初は、その魅力的な笑顔のまま、驚いて声もない初芽を見つめる。

「あの時、君のまとめた髪の毛を解きたいと思った、良い匂いがする肌に吸い付きたかった。お酒が入っていて、夜遅かったし、襲っちゃいそうだった。眠れてよかったよ」

初芽は瞬きをして、顔を赤くしてうつむいた。

どんな感じだったんだろう、と思う。

結構情熱的なキスをしたと言ったけど、全く覚えていない。

「君が思うよりも、僕は大した男じゃないし……ただ君が好き、それだけ」

うつむく初芽の顎を捕らえ、顔を上げさせると、チュッと音を立てて啄むキスをする。

「初芽ちゃんの仕事の状況にもよるけど……もし、終わったら、旅行に行かない？　っていうか、僕は半分仕事だけど……ニューヨークでコレクションがあるから」

ニューヨークに、というか、初芽は海外へ行ったことがない。

英語は全部日本で習ったものだし、翻訳は会社で培ったものと、有名な大学の教授で翻訳の先人と言われる先生にずっと学んでいた。

いつか留学もした方がいいのではないかと思っていたが、実際に外国の人と接していないわけではないし、きちんと話せる。なので、その必要性があるのか考えているところだった。

「コレクションに出るのは一つだけだから、終わった後のパーティーを含めても一日で終わるし。もし無理そうなら、また今度でもいい」

ただ、と言って微笑み、再度口を開く。

「外国だったら、国内より堂々と恋人として歩けるし、何なら路上でキスしたって、向こうだったら何とも思われないし。できれば、初芽ちゃんと海外の雰囲気を楽しみながら歩きたい」

初芽はフリーになったので、自分の仕事をコントロールできる。

その代わり、責任も伴うから、納期はきちんと調整していかなければならない。だからそのことをクリアすれば、彼といつでも旅行に行けると思う。

ただ金銭面もきちんとしなきゃいけないな、とものすごく自覚してしまった。

「調整する。真井君と、ニューヨーク行きたい」

初芽は彼との旅行が楽しみで、想像するだけで笑みを浮かべてしまう。

「ありがとう……三週間後だけど、無理だったら言って」

「うん。えっと、チケットとかどうしよう」

「僕が取るからいいよ」

にこりと笑って言ったけれど、もしかして初が支払う体になっているのだろうか。

「えっ、私、チケット代払うよ！」

初芽が少し強めに言うと、彼は目線をちょっとだけ上にやって、それから首を振った。

「僕のこれは招待だから」

「え……？」

「出てくださいって言われてるコレクションだから、チケットと宿泊は手配されている。実は、一緒に来てくれると思って、ホテルも二人にしたし、チケットはもう取ったんだよね……」

いたずらがバレた子供みたいな表情で見つめられて、一瞬言葉に詰まる。

キャンセルはできるから、と言われたが、きっと高額だろう飛行機のチケットを思うと、初芽は首を振る。

「大丈夫だから。私貯金ちゃんとあるし」

「彼氏として、出させてくれない？」

彼氏と言えど、と初芽は目を泳がせた。

世の女性は彼氏に旅費を出してもらうこともあるのかもしれない。でも、できれば、せめて今回は出したいと思った。

「そうやって彼氏に全部って人もいるだろうけど、初めてなんだから今回はきちんとしたい」

「………そっか。今回は……、ね」

初は首を傾げて、首筋を触りながら、ため息をついた。

「わかった。じゃあ、今回はチケットは、初芽ちゃんが自分の分だけ手配して」

「うん、そうするね。楽しみ」

初芽が笑顔で言うと、彼は頷いた。

「僕もすごく楽しみだ。初芽ちゃんと、旅行」

初が本当に嬉しそうな顔をするので、初芽も嬉しくなってしまう。

そしてすごく魅力的な笑顔を浮かべる。写真撮ってもいいかな、と思うくらいだった。

ただ、この素敵な笑顔が、ずっと初芽のものでありますように、と願った。

13

海外に行くと決まったら、まずパスポートだ。急いでどこで発行してくれるか調べた。それから大きなスーツケースを持って行かなければ、とネットでたくさん検索した。けれど、本業の仕事をおろそかにできないから、そっちも一生懸命、表現に気を付けながら頑張った。

何よりも飛行機のチケットは高く、往復で結構な額になった。ツアーとかだったら違っただろうけど、貯金があって良かった、と思った。

初が乗る便を教えてもらってそれに合わせて予約し、スーツケースに着替えやアメニティ、化粧品を詰め込んだ。

仕事はきちんと仕上げたし、準備も万端。化粧落としも、簡単なメイク道具もバッグに入れている。そうやって準備しているうちに、だんだん初めての海外旅行だという気持ちが高まってきた。

飛行機の予約について、できれば並び席にしたいと思って初に連絡を取ったが、うーん、とだけメッセージを返された。

「なにこれ……」

なんでこんな返事を返すのかと思っていたら、さらにメッセージが届き、会おうという話になった。

出発二日前、初は忙しいようで、指定された喫茶店で会うことになった。家からもそれほど遠くないそこはちょっとレトロで、ソファーやテーブルなどが昭和感を出していた。

「こんなところあったんだ……若干暗いし、いい感じで落ち着くかも」

すべてボックス席になっているのも気に入り、アイスコーヒーを飲んでいると、初が店に入ってきたのがわかった。

「背も高いし、すぐわかるな……」

黒いキャップに眼鏡を着けているが、誰も見ていないのが不思議なくらい、かっこよかった。

意外とバレないと言った彼の言葉は本当かもしれない。

「初芽ちゃん、ありがとう、来てくれて」

すぐに注文を取りに来てくれた店員に、彼もまたアイスコーヒーを頼んだ。

「ううん。大丈夫。ところで……うーん、ってなに？」

初芽が首を傾げて謎のメッセージのことを聞くと、彼はキャップを外してにこりと笑った。

眼鏡は伊達だろうけど、身に着けたまま話すとまたなんだか違う魅力がある。眼鏡も似合うな、と思って見ていると、彼ははっきり、うーん、の意味を言った。

「僕は招待でファーストクラスの席なんだ。だから、並び席は無理」

「……ファ……ファーストクラス⁉」

初はこちらを見ながら深く頷いた。

よく考えなかったが、真井初は有名なスーパーモデルだ。招待だったら飛行機の席がファーストクラスでもおかしくないだろう。

「じゃあ……えっと……」

「もう一度言うけど、並び席は無理。君がグレードアップするなら、話は違うけど」

往復エコノミーで取ってしまったし、グレードアップっていうのはどれくらいかかるのか。初芽はスマホを取り出し、検索した。

そして、何度も瞬きするほどの金額が表示され、初を見ると苦笑している。

「初芽ちゃん、良かったらグレードアップの分だけ、彼氏の僕に支払わせてくれない？」

「え⁉　そ、れは……」

こんな額を彼氏に払わせるなんて、と初芽は目を泳がせた。

彼氏というひとくくりで払わせる額ではない。

「こんなの……彼氏には……」

初芽が首を振って彼を見ると、ちょうど運ばれてきたアイスコーヒーを一口飲んで、微笑んだ。

「まだ、パートナーでもないし……こういうの、払ってもらう女の子もいるとわかってても……」

「じゃあ、パートナーとして払おうか？」

「えっ⁉」

初芽が目をぱちくりさせていると、彼は眼鏡を取った。

「恋人期間は短いかもしれないけど、互いを思い合った時間は、十年以上。僕は人生のパートナーとして、初芽ちゃんと一緒にいたい。何なら両親への挨拶なんてあとに回して、籍だって入れたい」

初はいつもと同じように、静かにはっきりと結婚したいと言った。

「思い合っていて、でもできないこともあって、君の気持ちもよく知らなかった。でも、二人で答え合わせをすれば、僕たちは、一緒にいるべくして出会ったと思う。君とだったら、ずっと笑い合って、抱きしめ合って、例えば家族が増えたとしても、ずっと……幸せでいられると確信している」

初がにこりと笑って、テーブルの上にある初芽の手に手を重ねる。

「真井初のパートナーとして、一緒に来てくれませんか？　初芽ちゃん」

彼と一緒に銭湯に寄って、パートナーとか結婚とか、と考えていた。

恋人期間はとても短くて、そんなことを考えるのもまだ早い、浮かれすぎかもと思っていた。

でも彼の言う通り、互いを知って十年以上、同じくらい思い合った期間がある。

「もう十三年の付き合いなんだから、僕に君の人生を少し任せて欲しいな。僕も、同じくらい、自分の人生を初芽ちゃんに任せたいと思ってる」

それに、と彼は少し真剣に初芽を見つめる。

「コレクションの後のパーティーには、君をパートナーとして連れて行くことにしたいんだ。ドレスも用意してある」

驚いて瞬きをすると、今度は少し表情を緩めて、初芽の手を少しキュッと握る。

「だから、ファーストクラスの差額は、僕に出させてください。パートナーとして対等でいたいから」

　プロポーズみたいだ。

　そう思いながら、初芽は普通に頷いていた。

　初が蕩けるような笑みを浮かべる。眩しくて思わず目を細めた。

　しかし、と我に返って初を見る。

「ほ、本当に大丈夫？　片道だけで、結構、すごいけど……」

　初は少しため息をついて、初芽の手から手を離した。

「どうして？」

「そ、それは……パートナーとして、心配だから」

　パートナーと言ってしまった、と初芽は顔を赤くした。

「そっか……じゃあ、パートナーだし、僕の個人資産、見る？」

　にこりと笑った初に、初芽は迷いながらも小さく頷いた。

「初芽ちゃんのエコノミーの電子チケットある？　スクショで送っておいて」

「……うん」

　初はアイスコーヒーを飲み、一息ついた。

「初芽ちゃんがパートナーになるなんて、すごく嬉しい。婚姻届も、ちゃんと出そうね」

やっぱりプロポーズだったよね、と初芽はまた頷いた。

「プロポーズ、嬉しい」

初芽が言うと、そうだね、と初は嬉しそうに笑った。

「君を初めて抱いたあの日から、ずっとこうなることを願ってた」

初めて抱かれたのは、彼の誕生日だった。

しかもあの時逃げ出してしまって、バカみたいだった。

「あの日は、逃げ出してごめんなさい」

初芽が頭を下げると、クスッと笑った彼は首を振る。

「大好きだよ、初芽ちゃん」

世界でも指折りで美しいとされる、真井初が、結構平凡な初芽を大好きだと言った。

その言葉が、とても胸に刺さって、きっと今日の日は忘れない。

「私も大好き」

初芽の言葉よりも、初の言葉の方が重い気がする。

ニューヨークへ行ったら、何をするのか、どこに行くのか、全く決めていないけれど。

初芽は初と一緒だったら大丈夫だと思った。

でも、ニューヨークのガイドブックだけ買っておいてもいいかと考えるのだった。

☆

なんとなくパソコンで検索して、わかってはいたけれど、わかっていただけで経験するのは違っていた。

初の住む世界はこういうものなのかと思い知ると同時に、これは今後彼の隣にいるには、いろんな知識が必要なのでは、と思った。

日本の航空会社、ジャパンスターエアラインは、初芽も国内の旅行で何度か利用したことがあった。けれど、国際線は初めてで、しかもファーストクラスはまた格別で。

専用ラウンジがあり、そこではドリンクや食事が提供されていて、もうここでお腹いっぱいになるのでは、と思うほど種類も豊富。

しかも握りたてのお寿司も提供されるし、スイーツもある。

初は慣れた様子で利用していたが、初芽は緊張して、内心かなり挙動不審。きっとそれをわかっているのだろうけど、初は何も言わなかった。

せっかくなのだから、初芽はお寿司を食べ、スイーツも食べた。いろいろありすぎて、全部食べたくなったけれど、お腹いっぱいになってしまったら機内食を食べられないかなと思って抑えた。

　ファーストクラスのラウンジのすごさを体験したあとは、機内に乗ってからの座席の広さ。中央の席で、初と隣同士なのだが、間にパーテーションも付いている。すべての席にネカフェのようにドアが付いていて、広さのある完全個室だ。

「真井君……」

「ん？」

「なんか全部がすごいんですけど……っていうか、こういう席って食事とかも特別？」

　初芽が聞いたのに、初は何も言わず、にこりと笑っただけだった。

　その顔で、きっと特別なんだろうな、と察した。あれだけラウンジがすごかったのだから、きっと贅沢な機内食が出るのだろうと思う。

「あ、でも、ファーストは足を伸ばして横になって眠れるから、本当に楽だと思うよ」

「この椅子、フラットになるの？」

「そう……君は海外に行くことはそんなにないだろうけど、だからこそ、こういう経験も良いと思うよ？」

　確かにそうかもしれない。

　これがスタンダードではないのはわかっている。

「慣れたくないなぁ……」

そう言って初芽が苦笑すると、彼もまた苦笑した。

「わかるよ。けど、僕は君との初めての旅行が、こうやって快適に行けるのが、ありがたいと思ってるよ」

初は、いつも優しい。

元からずっと優しいけど、特に初芽には優しいと思う。

それに、大人でなんと言っても素敵な人だし。誰だって、一目見たらドキドキしてしまうような人。

そんな彼に、ここまで甘やかされて、だめな人間になってしまいそうな気もするけれど……。

「ニューヨークで行きたいところある？」

「行きたいところ……」

とくには考えていなかった。自由の女神をすごく見たいわけではないし、すごく物欲があるわけでもなく。

ガイドブックは一応買ったが、何がしたいというわけではなかった。

「あまり行きたいところないでしょ？」

クスッと可笑しそうに笑った彼に、初芽はバツが悪い顔をして頷いた。

「ごめんなさい。私って……何もかも地味だし、ニューヨークみたいな都会で何がしたいなんて、ちょっと考えが思いつかなくて」

初芽が正直に言うと、彼は頷いた。

「ハリー・ウィンストンに行かない？」

ハリー・ウィンストンと聞いて、初芽は苦笑した。そんな大それた所には、と首を振る。

「そこに行っても、アクセサリーは基本、身に着けないし」

一乃は高校を卒業するとすぐにピアスの穴をあけた。初芽もしようと言われたのだが、痛そうだしやめたのだ。それに、イヤリングやネックレスを着けたことはあるが、なんだかそれらをつけると違和感を覚えるのだ。

なので、アクセサリーの類は、ほぼ身に着けたことがない。

「結婚指輪は、してくれるでしょ？」

初から言われて、顔を上げて彼を見る。

にこりと微笑んだ初は、初芽の左手を取って、薬指に触れた。

「着けて欲しいな。好きなブランドがあるなら、ニューヨークには他の店もたくさんあるしね」

確かにニューヨークには、たくさんの店が溢れかえっているだろう。高級ブランド街みたいなところもあるわけだし。

「受け取ってくれるよね？」

「あ……」

迷うことはないけれど、こんなにちゃんとしてくれるなんて、考えもしなかった。

人生で初の、婚約指輪をハリー・ウィンストンで、と提案してくれることも全く想定外。

そんな素敵で高そうなものを貰っていいのかという思いもあるし、初にお返しできるのは何かを考えてしまう。

「初芽ちゃん？」

名を呼ばれて、物思いから現実に戻り、初を見る。

なんだか不安そうな顔をしていて、すぐに返事をしなかったからだとわかるが、一般的に考えてしまっただけなのだった。

「ごめんね、ちょっと考えちゃって……そういうの、全く考えたことがなくて。ああ、でも一乃は婚約指輪貰って嬉しがってた……今も薬指に二つ重ねて嵌めてるもんね」

この前会った初美は、まだそういうのをしていなかったように思える。いや、そう思えるだけで、もしかしたらよく見てなくて、本当は指輪をしていたかもしれない。

「もちろん、嬉しい……ちゃんと考えてくれて、ありがとう」

初芽がそう言うと、ホッとしたような笑顔を向けてくる。

「返事が遅いから、すごくドキドキしてた……好きなブランドはある？」

「ううん、ない」

「ここははっきり言うんだね」

少し肩を落としながらそう言う彼に、また初芽はバツの悪い顔しか向けることができない。

「結構私って、そういう女子的なこと考えてこなかったっていうか……自分にはこういう、素敵なことは起きないと思っていたし」

こちらをじっと見つめてくる彼を見返して、初芽は微笑んだ。

「私ってば、見た目もなんだか重そうだし、ダサそうだし……結婚とか、しないかもって……恋人ができても、すぐに別れてしまうだろう、ってずっと考えてた」

そんな初芽は、やっぱり一度失敗して傷ついている。本当にバカみたいなことをした。

だけど、自分の身の上に、これ以上ないくらいの恋が落ちてくるとは思いもしなかった。

「真井君が私を諦めないでくれてよかった」

笑みを向けてそう言って、さらに言葉を繋げる。

「ずっと好きでいてくれてありがとう。ファーストクラスも嬉しい。真井君と一緒じゃなかったら体験できないことを、たくさんさせてくれてありがとう」

今の気持ちを言うと、彼はただ、優しい顔で笑った。

今まで、彼の笑顔は何度も見てきた。顔が良いし表情が良いから、いつも素敵だな、と思うくらいだった。

でも、今日はなんだか、すごく優しい感じがする。

「そんな、大したことしてないよ」

大したことしてないと彼は言ったが、十分に大したことだ。

「だって、一生に一度だと思うし。今回はすごく、ラッキー！　って思っておく」

こう何回もファーストクラスでの移動なんて、セレブじゃないのだからしない。それに、海外に行くことなんて、地味な性格の初芽には、やや縁遠い。

初は高校生の時から海外で何度も仕事をしているし、撮影と称して日本国内でもいろんな場所に行ったことがあった。

「本当に、これで……最初で最後だと思う？」

初が聞いてきたので、初芽はしっかりと頷いた。

「うん。私インドアだし、そこまで物欲もないいし、洋服とかはちょっといい値段をするものを買うけど、何年も着るし……海外なんて、もうよっぽどじゃない限りは、行かないと思う。ごめんね、陰キャで……」

最近は国内でもしっかり外国語を学べるし、翻訳の表現のために、勉強会、交流会にはよく行く。集まる人たちはみな、勉強熱心で、海外留学経験もある人が多いから、すごく参考になる。

何かを体験することは、確かに自分の人生や生き方を彩るかもしれない。だが、初芽の周りにいる人たちがもともと、いろんな経験をした人ばかりなので、そこまで重要性を感じなかった。

熱心な教育者から見れば、もっと外に目を向けて知識を深めるべき、と言われるかもしれないが。

「初芽ちゃんは楽観的だな」

初が可笑しそうに笑って、スマホをテーブルに置いた。

それから、隣の席から手を伸ばし、手のひらを上に向けてきたので、初芽はなんとなくその手に自分の手を乗せた。

彼は左隣にいるので、初芽はなんとなく左手を乗せた。

「初芽ちゃんはどうして僕の右隣にいるのでしょう?」

「席の番号がここだったから……？」

クスッと笑った彼は、初芽の左手を少しだけ自分の方へ寄せた。

「ん……やっぱり、初芽ちゃんは、ずっとそうでいて欲しいな」

そう言って初は初芽の左手の薬指に、指輪をはめた。

目を丸くしてその指輪を見る。

中央に四角で大きいダイヤモンド。その両側にも長方形のダイヤモンドが付いていた。

「え……!?　ハリー・ウィンストンで、じゃ、なかったの？」

「それももちろん行くよ。でも初芽ちゃん、この調子だったら、ダイヤも付いてないリングを選びそうだったし、念のため」

彼は、はい、とリングケースを手渡してきた。

「それにしても、こんなサプライズな……」

まだ飛行機も飛び立っていないこの時に、なんで、と初芽は自分の左手の薬指を見る。

いや、それよりもお礼を、と初芽が顔を上げると、彼は初芽の左手を取った。

「うん、似合う。良かった準備しておいて」

「あ、ありがとう。こんな綺麗な指輪を……」

「別にサプライズでも何でもないし、渡す場所も決めてなかったけど、渡せてよかった」

彼はそう言って、手の甲を親指で撫でた。

「君が僕のパートナーになるってことは、これからも海外に行くことになると思うよ？」

ん？　と思って、手の甲を撫でる彼の指を見ていた顔を上げた。

「パートナー同伴で、招待を受けることもあるだろうし。今回は、初めてのショーのあとのパーティーだし、指輪してくれていた方がいいから」

初芽が瞬きをして彼を見ると、にこりと笑った。

「ファーストクラス、これで最後じゃないよ。もちろん、エコノミーを使うこともあるけど、ビジネスの時だってあるし。どちらにせよこれからも機会があるから、お願いしますね」

お願いしますと言われても、と初芽は目を泳がせた。

ちょうどそこで、飛行機が動き出し、もうすぐ離陸となる。

「でも、私……そういうところ慣れてないし。今回だけと思っていて」

「大丈夫だよ。僕も苦手だし、パーティーだって、特にマナーが必要なわけじゃない」

そうかもだけど、と初芽は手を取られたまま、うつむいた。

「もうすぐ離陸だから、一旦離すね」

そう言って手を離した初は、目線はこちらに向けている。

「なんか、お返しを、考えます」

「ははっ！　いいよ、そんなの」

声に出して笑った初に、でも、と言うと首を振る。

「初芽ちゃんが隣で笑っていてくれたら、僕の人生は絶好調だから。それで大丈夫です」

こんな素敵な人から、世界的に活躍している人から、隣にいて笑っていてくれたらいいなんて言われる日が来るなんて考えもしなかった。

初めて出会った十五の頃、彼が何者か、陰キャな初芽は全く知らなくて。だからこそ、なんでみんなが初に近づいているかなんて、きっとイケメンだからかな、くらいにしか思っていなかった。

そんなある日、一乃から見せられた雑誌に写る初があまりにも素敵で目が離せず。それを見たあとからは、もうそんな目でしか見られなくて。

彼の周りに人がいるのは、彼がそれだけすごい人でもあるからだと、認識した。

そして、いつの間にか近づいても手が届かないほどすごい人になっていって。クラスメイトもそれを認識して、初芽は恋をしていたけど、恋は叶わないと思った。

「ペアリングも買いに行こうね。今度は一緒に」

彼がそう言ったあと、大きな音とともに飛行機が飛び立つ。

初が初芽の薬指に着けてくれた指輪は、とても高価そうな指輪だ。どこのブランドだろうと思いながら、彼の横顔を見る。

こうやって横顔をこんなに近くで見ることも、幸せな気持ちになることもないと思っていたから、今は奇跡のような気分だ。

「真井君」

飛び立っているところなので、聞こえ辛いだろう。

初芽は耳抜きをしながら彼の名を呼んだ。

声に気付いた彼は初芽を見て首を傾げる。

「愛してます」

こんな時に言わないでもいいだろう、と初は思っているかもしれない。

でも、彼は何も言わず、一度目を閉じてふわりと笑う。

「これからは、初って呼ぶ練習もしないとね」

確かに初芽はいつも、名字読みだ。

いきなり呼び方を変えられないけど、それは努力しないといけない。

「初……を愛してます」

「良く出来ました」

彼はそう言って、初芽の後頭部に素早く手を回し、引き寄せると小さなキスをする。
フッと笑った彼に、初芽も笑みを向ける。
二人のこれからもずっと幸せでいられますように。
アメリカへと飛び立つ飛行機の中で、初芽はそう願うのだった。

あとがき

こんにちは。井上美珠（いのうえみじゅ）と申します。

この度は、『初恋の君を離さない』を手に取っていただき、ありがとうございます。

あとがきはいつも何を書いたらいいか、と思うのですが、今回は初（はつ）と初芽（はじめ）のお話の経緯について。

じつは本作は十年以上前に書いたお話をもう一度書き直したものです。こちらは以前サイトに掲載していて、連載形式で書いていたお話です。読んでいた方もいるんじゃないかな、と思ってます。

ヒーローの初が主人公っぽい話でしたので、当時はヒロイン主人公が王道だったのもあり、本にはならなかったのですが。

最近はヒーロー主人公もある、と。しかし、当時の文章が稚拙過ぎて、汗が吹き出しそうだったので、全部書き直しをしてしまいました（汗）

今回もどこかヒーローの初が主人公っぽいのですが、初芽ちゃんも引っ込み思案ながら頑張っていると思います。いえ、頑張ってるはずです！

私が書く主人公の女の子は、みんなが求めるような素敵な女の子ではないです。もれなく、初芽ちゃんも大人しくネガティブな部分も多くありますが、社会に置いて行かれないように、しっかりしなきゃ、というのは思っている人、結構いるのではないかな、と思います。

恋に悩み、時には失敗し、スマホで検索し、それでも悩み、その検索内容の履歴を知られてしまい、からかわれ、なんてこともあったりして。いや、なしですかね？

私はこの二人の主人公が書いていて大好きでした。もちろん、十年前の二人も大好きでした。

本当は高校生の頃をもうちょっと書きたい気持ちもありましたが、あまりに書き過ぎると……と思って削っています。


実はこちらの出版社の担当編集様が変わりました。以前はビシバシの美人眼鏡の素敵な方でしたが、今回の編集様はふんわり優しい方となりました。これからもよろしくお願いいたします。悪いところはちゃんと悪いと言ってくださいね。

そしてイラストは北沢きょう先生に描いていただきました。

人気の先生にお忙しい中、素敵なイラストを描いていただき、感謝しかないです。

最近、私の本が怒涛のように出ていますが……ダメ出しをされながら書いていたんです、本当にずっと。

また以前のように定期的に読者の皆様に、ドキドキするようなお話をお届けしたいと思います。

読者様あっての井上美珠です。

これからもどうぞよろしくお願いいたします。

井上美珠

ILLUSTRATION GALLERY
表紙ラフ 別案

モノクロイラスト ラフ

◆ ファンレターの宛先 ◆
〒102-0072　東京都千代田区飯田橋3-3-1
プランタン出版　オパール文庫編集部気付
井上美珠先生係／北沢きょう先生係

オパール文庫Webサイト　https://opal.l-ecrin.jp/

初恋(はつこい)の君(きみ)を離(はな)さない

著　者――井上美珠（いのうえ みじゅ）
挿　絵――北沢きょう（きたざわ きょう）
発　行――プランタン出版
発　売――フランス書院
　　　　〒102-0072　東京都千代田区飯田橋3-3-1
印　刷――誠宏印刷
製　本――若林製本工場
ISBN978-4-8296-5567-2 C0193

君は俺の
妻に
なるのだから
Mijyu Inoue
井上美珠
Illustration
篁ふみ
クールな社長秘書の紳士なプロポーズ
カニンガムホテル東京の社長秘書・零士と婚約したアリス。
クールで意地悪な彼に淫らな愛撫をしかけられ!?
結婚までの溺愛な日々!